想到更远的地方

Xiang Dao
Gengyuan De Difang

大家笔谈窦志先

刘亚洲
乔良
李炳银
等 著

中国文史出版社

# 目　录

1

# 一枚酸酸的甜甜的果实

## 评短篇小说《蜗牛壳·窗花儿》

刘亚洲

# 作者简介

刘亚洲，男，1952年出生，安徽宿州人，中共党员。大学学历，英语专业。第十七届中央纪律检查委员会委员，中国共产党第十八届中央委员会委员。国防大学政委，空军上将。

作为军队高级将领，他长期深入研究军事谋略和传统文化，其研究成果《金门战役检讨》《大国策》《刘亚洲战略文集》等引起广泛关注。

作为著名军旅作家，他创作出版了《恶魔导演的战争》《这就是马尔维纳斯》《攻击、攻击、再攻击》等一批作品，用新视角观察全球新军事变革，为中国军队的改革开启了一扇观察世界的窗口。其作品不仅成为当代文学史上的名篇，有些还成为军队院校演兵习武的教材。

他多年来出版军事论著和各种体裁的文学作品近千万字，获得广泛好评及数十种奖项。

当代文苑，正处于一个百花盛开的春天。作家们的笔触已经自由地伸进生活的各个领域，包括"神经"比较敏感的领域，恣意纵横，描绘出一幅幅色彩斑斓的图景。

婚恋，这类题材并不新鲜，但它是从私有制产生以后就存在的、人们普遍关注的题材。在家庭没有解体之前，它也是作家笔下永恒的题材。青年作家窦志先发表在1986年9月号《青年文学家》上的短篇小说《蜗牛壳·窗花儿》，正是表现这类题材的一篇具有探索性的作品。我感到高兴的是，作者居然把这样一个不怎么新鲜的题材，写得那么新鲜。特别是作者对女性心态的描写、性格的刻画，感情是那么真实，笔触是那么细腻，犹如出自一位女作家之手。我想这大概与作者对生活的成熟思考和艺术感觉较好是分不开的。

在这篇小说中，男女主人公的艺术形象是独特的。在爱情问题上，男主人公童一文是个伪君子。他和任何一个男人一样，内心深处需要很多的精神寄托，是一个感情丰富的人。可是，他和妻子结婚一年多，妻子常在他面前"发一些无名之火"，随着时间的推移，他"感情上慢慢地起了变化，也开始对她发火了，而且伴着摔摔打打"，渐渐地，家庭出现了"冷战"，甚至对过正常的夫妻生活也相互感到厌烦和冷漠。为喝酒，要"斗嘴、怄气、摔酒瓶"；他买几本书，"她埋怨花这种冤枉钱，不值得"；当他的朋友来到家中，"她摔摔打打给人家脸色看"，等等。正因为他不甘囿于蜗牛壳式的家庭生活之中，"感情上有了裂缝，怎么看对方都觉得不顺眼"，进而想同妻子分手。在这种时候，他爱上了另一个女人——丽莉，这似乎是合情合理的。他是应当被怜悯和同情的。不过随着故事情节的发展，作家开始对他的灵魂进行陀思妥耶夫斯基式的"拷问"，我们看到了"洁白后面的污垢"。就在他一面暗地里和丽莉打得火热之际，一面却对妻子表现得关怀备至。"月芬，早晨凉，多穿件衣服吧"；"你身体见虚，多花几个钱没事，注意调剂好营养"；"下了夜班少做些家务，要休息好啊……"诚然，这是一个男人在这种情况下所表现出来的复杂之情，但委实也是十分虚伪的。然而，童一文的虚伪性并没有至此就算暴露无遗，作者运用"层层剥笋"的方法，接下又为我们描绘了这么一个情节：当他

4

被妻子的柔情感化后，他却拉着丽莉跑到领导面前，悔恨交加，沉痛地当众招认了和丽莉的关系，他认为"社会舆论、道德规范、良心的谴责"，"不能再这样生活下去了"。他自知这么做是违心的，感到痛苦，"丽莉也痛苦"，可他都忍了。他的这个举动，把一个在精神上给过他温暖，他也很感激的丽莉，完全置于意外、唐突、尴尬、被动的境地。虽然这是他的梦境，也是作者虚幻的一笔，但完全符合他的性格特征。正是像他这样一种性格的人，才会做出这样泯灭良心的事情。真是一个地道的伪君子！不得不使人对他产生厌恶。通篇看不出童一文有什么男人的阳刚之气，充其量他仅属半个男人。但是，我觉得正因为如此，他才更像一个男人，一个活生生的男人。因为我们这个社会的旧的城堡被攻破，而新的城堡又未完全建成之时，处于这种大转变的"交替口"上发生的像童一文——不，像童一文一类的更多的人，若想追求真正的爱情，就不可能毫无顾忌、公开于世，处处都会遇到羁绊。尤其当我读到童一文向妻子忏悔的情景时，我的心头一震。这一笔是多么沉重！读毕，我仿佛隐隐约约地看到童一文的脑后有一根又粗又长的辫子，这辫子不是生理性的，正是几千年来冥顽不化的封建意识在作祟。从这个人物身上，能够引发人们的深思，令人感到灵魂的震颤。

《蜗牛壳·窗花儿》中塑造的最有特色的人物，即为女主人公古月芬。大凡写丈夫有了外遇，妻子发现后进行报复的作品已经很多，但像古月芬这种方式的报复还不多见。她是一个美丽、能干的女人，又是一个非常有心计的女人（美丽加有心计！）。当她对丈夫与丽莉的关系有怀疑后，脑子里第一个本能的反应："捉贼见赃，捉奸成双！"跟踪丈夫。而当她果真目睹了丈夫与丽莉有私情后，她悲痛欲绝，"意识到自己是生活中的失败者"，可她并没有走上前去"捉奸"。这是作者的高明之处，写出了"这一个"与别样女人的不同。当然，她没有"捉奸"并不是善罢甘休，她想着去告发他们，可想到与丈夫昔日的恩爱，又想到没有证据，她甚至反复研究了有关法律，冷静了下来。生活需要战术，她终于对丈夫采用了另一套战术。她一反常态：雨天，自己的"湿衣服也没有顾上换"，却冒雨到车站为丈夫送伞；在家，为丈夫端水、做饭，亲手斟酒给丈夫喝；带着病体给丈夫煮奶；甚至背着丈夫给公婆寄去三百元钱……其用心实为良苦！她的"苦心"果然没有白费。在她这一片柔情的感动之下，童一文终于鼓起勇气，向妻子进行了忏悔。就在这时，古月芬才终于露出庐山真面目来。当她"啪啪"打着童一文的嘴巴，咬牙吼叫："你做的——好事——该报——了！"使人仿佛触摸到了这个女人发烧的脉搏！她终于以非同寻常的手段，达到了报复的目的，最终同丈夫分道扬镳。作者塑造的这个艺术典型，已经超出了家庭的意义。

小说中充当"第三者"的丽莉，虽然着墨不多，但写得鲜活。她那一段对于"钱"与"爱"的态度的道白，是很值得深思的。丽莉背叛丈夫，是因为讨厌他"长着一颗钻钱眼的脑袋"，她需要真正的爱情，没有爱她就没法活。是的，我们不能认为这是她为了逃避道德法庭审判的遁词。就婚姻家庭的基础而言，过去是以金钱、地位为主，爱情受到排斥，所以出现了许多父母包办、买卖婚姻的没有爱情的两性结合。今天，虽然也重视了以爱情为基础的婚姻，然而怎能彻底摆脱经济？有时依然出现以经济为主的婚姻。今后，伴随着生产力的不断发展，物质逐渐丰富，夫妻间经济考虑将会随之减弱，爱情基础便不断加强。到了共产主义社会，经济方面的职能由社会取代，而精神方面的职能却成为家庭的主要职能。从这个意义上讲，丽莉现在的所为是有据的，但就目前的道德规范而言，它却是不能被允许的。

没有爱情的婚姻是不道德的。作家冷静地思考，并且用手中的笔在这方面进行探讨是很有意义的。这篇作品意在呼吁人们去追求真正的爱情，尽管真正的爱情也不一定是持久的。从这篇作品可以看出作者汲取了 一些象征手法，工于心理描写，这都强化了作品的审美意识。

对比我刚读到的作者的中篇新作《无字的墓碑》（《小说林》1985年12月号刊载）那散文化的抒情笔法，又有了较大的变化。反映了作者在刻意追求，似乎始终有一种不满足感。这正是作家在创作上所追寻的更高、更新的目标。

但是，这篇小说的缺憾也是明显的。首先是笔触缺乏穿透力，对主题意旨的深凿不够，因而影响了作品的凝重感。其次，在有些情节的描写上不够含蓄，如对女性的描述显得直露，同样影响了作品主题的深化和思想的蕴含。

然而，《蜗牛壳·窗花儿》所反映的道德观，具有强烈的时代感和历史感，它再现的道德领域内的冲突，不仅是当今社会发展的需要，也是文学自身完善所企求的。因此，我们可以说，这篇小说是作家在生活的土壤上熟耕之后收获的一枚酸酸的甜甜的果实。

（载《青年文学家》1987年1月）

# 墓碑上真的无字吗？

## 评中篇小说《无字的墓碑》

刘亚洲

当我读完青年作家窦志先的中篇小说《无字的墓碑》后,一种难言的情绪在心头萦绕。我感到激动,但却是一种平静中的激动,因为这部非同一般的作品具有两种力量:使你激动,又使你平静。它给我带来了深深的思考。《无字的墓碑》是一个悲剧故事:在解放战争即将胜利的前夜,十三岁就投身革命的团长郑大刀,出色地指挥了红松坡战斗。这位身经百战、屡建战功的军人在这次战斗中所表现出来的英勇和指挥艺术几乎达到了完美的程度。庆功大会上,他光荣地接受了一级战斗勋章。但是,出乎意料,他在这次战斗中,因为错杀了一个重要人物,犯下了不可赦免的罪行。"根据党和军队的法令……将郑大刀押赴红松坡,当着受害者家属和当地群众的面处死……"由此拉开了整个悲剧的序幕。

作者心机很巧,善于随着故事情节的发展,运用多种手段,从不同侧面塑造一个个具有鲜明个性的人物。无疑地,郑大刀是作者十分钟情而着力塑造的典型人物。

在作者的笔下，他是一个英雄，又是一个罪人。他先当英雄，又当罪人。在他当英雄时，他的个性中已孕育着罪人的因素，可当他成了罪人后，他的行为与思想又让人着着实实地感到他是一个真正的英雄。当他决定去蹈死地时，又深深地眷恋着生，他悲观时想杀自己，愤怒时又要杀别人。他公开为给自己采药治伤的翠玉姑娘做媒，而暗中自己却无可救药地爱着她。他常常想要在无人涉足的密林深处和翠玉幸福地生活下去，甚至繁衍后代；可又不止一次地为有这种想法而羞愧、自责，终于痛苦地离别心爱的女人，走向刑场。其他人物也是呼之欲出的。被上级指派押送郑大刀去红松坡的李二狗，非常崇敬他心中的英雄郑大刀；但当他发现郑在爱着翠玉时便对他蔑视了，觉得郑也不过是个伪君子。他怕郑带着翠玉逃跑，甚至躲在灌木丛里用枪监视着；但他又向郑说了自己的心里话：你走吧，带着翠玉远走高飞吧。因为郑大刀曾经救过他的性命，而现在轮到他来救他恩人的性命了。翠玉的双重性格表现得最为突出：她由对郑大刀的崇敬到爱慕，直至在特殊的际遇中结成夫妻，又共同孕育了一个小生命。她憧憬未来，但是当郑大刀用崇高的信念战胜了自我，决定伏法，向翠玉诀别时，翠玉并未让感情的狂澜淹没自己。理智在与情感的搏斗中获胜了，最终"支持"丈夫离去，这是她性格的升华。族长、头人穆仁之的性格也是复杂的，他为儿子的枉死枪杀了郑大刀，却又怀着别样的心情，亲自在郑大刀的墓前立了一块高高的碑，这墓碑是无字的。作者把几个有血有肉、可信感人的艺术形象推到我们的面前。这几个人物之所以鲜明，是因为他们都是复杂的人。我想说，这种复杂是真实的复杂，并不是为了复杂而复杂。我们反对那种所谓人物性格要统一实则是单一的艺术主张，但又不能把"复杂"简单化。这部作品中的几个人物为我们提供了相当出色的例证。生活本身是复杂的，形成人物性格的历史同样是复杂的，那么在我们的艺术作品中，如若要求人物性格的单一化，或者把"复杂"单一化，这怎么可能呢？

再者，作者的笔并不像推土机那样对生活面进行平推，而是像钻探机那样在人物的心灵深处进行深掘。故事似传奇而又不是传奇。作者更没有把笔墨过多地用在传奇方面，而是用泼墨般的浓度去对人物的心灵进行刻画。郑大刀接到宣判之后，苍白的脸上痉挛性地搐动着，"有一种莫名其妙的怨恨"（这一笔是多么真实！）。半晌，他又向领导请求道："就是死，我希望死在与敌人作战的战场上，不死在自己的法场上。给我一挺冲锋枪，由执法队督阵，我要死在向敌人的冲杀中，倒在敌人的枪口下！"他想要死也得像个"英雄式的死"，一个英雄人物的内心活脱脱地呈现在我们的面前。他在赴刑场的途中，抬头看到天空中一只飞鸟，心想："它真自由啊！"此时，他多么渴望生、渴望自由！后来，在他的心灵上经历了爱与恨、恩与仇、生与死、痛苦与喜悦的反复挣扎之后，终于对翠玉说："在战场上，我郑大刀没当过逃兵；在法场上，我郑大刀也不能当逃兵啊！"说完，跪下给翠玉磕了一个头，凛然走向死亡。这个人物给读者留下的印象太深，我想我是再也不会忘记他了。他是用心灵撞击了读者的心灵，引起共鸣。他在战场上是一位叱咤风云的英雄，他在法场上也是雄赳赳的好汉一条。什么叫"硬汉文学"，这不正是吗？翠玉是一个纯朴、贤淑的山里姑娘，饱尝了人间的辛酸，故而她对自己的未来充满了甜蜜的幻想。当她于危难之中被郑大刀救出后，由感激、崇敬，进而变成了痴痴的爱恋，哪怕在她知道郑就是因为杀死了自己的恩人穆三发而即将赴刑后，她仍然深深地爱着他。她当然很清楚这种爱的结果会给自己带来什么。这是纯洁的爱，也是痛苦的爱（在那个年代，纯洁的爱往往是要用痛苦做代价的），但它却表现了我们这个伟大民族延绵不断的高尚的爱。这种爱，不同样值得我们今天的人们去加倍地珍惜吗？李二狗是一个非常可爱的战士。上级决定郑大刀由他执刑时，他的内心痛苦极了，因为他就是被郑大刀从敌人的屠刀下救出来的，他怎么有勇气亲手枪杀自己的救命恩人呢！他面对着残酷的抉择。最终，他给郑大刀留下一封"祝福"的信，不辞而别。他去向哪里？是生是死？我们全然不知。但他的行动却给我们留下许多可以思索的东西……至少可以说明一点：他，也是一个人。

值得再提及的是，这部作品爱情描写的戏很重。不过，如果仅仅以为这是为了爱情而写爱情，那就误入了作者设下的"圈套"。其实，作者是通过爱的一系列情节而淋漓酣畅地表现了人与人之间情与爱和人情、人性的复归这个永恒的主题。

总之，我认为这是一部催人泪下、动人心魄、颇具新意而可读性又很强的作品。当然，作品若不是过于追求散文化的表现手法，在结构上能够更讲究些，主题意旨开掘也可以更深刻一些，作品或许会更加动人。我喜爱这部作品，相信它会赢得更多读者的喜爱。

《无字的墓碑》，碑上真的无字吗？我以为是有字的。

（载《小说林》1985 年 12 月）

# 活着的《死胎》

刘亚洲

窦志先的中篇小说《死胎》甚好。

菱角洼是大中国的一个小山村。死胎生在这村里，生在这片国土上。

儿媳临产，生命告急。公公是一个郎中，医术很高，曾为无数女人接生，但能否为儿媳接生，他竟方寸大乱。作为公公，他不能见儿媳的身；作为医生，他应该救病人的命。伦理观念同职业道德展开了厮杀。终于，他在老伴的监视下（这是痛苦的和做作的）还是去为儿媳接了生。不料，因拖延时间过长，接下来个死胎。悲剧从此开始。

人心已经倾斜，变形。围绕死胎，全村出动，表演得好充分。各种人际关系，各种心理状态都在读者面前跳脱衣舞。诅咒别人最狠的，就是心底最黑暗的伪君子。这些人，天天见。

作家的笔触并没有到此打住，轻轻地一拨，引来了一群群的城里人。这些人各怀目的，都是来求仙拜佛，祈求大仙显灵，赐给自己幸福。一时间，菱角洼热闹非凡，跟赶庙会似的。看来似乎荒诞不经，不过，细细品味，我们又不难发现，他们正是一群物质上的富人，精神上的穷人。他们在城市里寻找不到什么寄托，却来到荒僻山村里寄希望于神仙的保佑。作者的这一笔给整个作品锦上添花，颇有嚼头。今天，八十年代的文明之风虽然在祖国的大地上吹拂，可封建意识的劣根性，也同样残存于乡村、城市这一片神奇的土地上。

小说步步向前推进。随着故事的发展，菱角洼又出现了不测风云。村上许多人家里的猪死了。大家断言，是死胎的邪气冲的，于是，在德高望重的老村长的带动下，拥向郎中家索赔，并在盛怒之下要打死郎中。千钧一发之际，村长的儿子马胜龙，这位菱角洼唯一的大学生出现了，他在大学读畜牧专业，是回村搞社会调查的。他是一个拥有现代科学文化知识的青年，当然不相信猪的死会与死胎有关，经他检查，是瘟疫所致。他挺身而出，要制止这一野蛮行径。"菱角洼自古就没听说过有甚瘟疫"，人们怎能容忍他的"异端邪说"。又是他的村长老子当头棒打，并领着众人硬是将儿子追打得逃离了菱角洼。顷刻，家家户户贴符烧香，整个山村重又恢复了昔日宁静、升平的景象。这使我们又一次看到，现代文明要战胜封建愚昧并不是一件轻而易举的事情。作品

20

的意蕴已经远不是野蛮、愚蠢和一般迷信所能解释的。在某些地方，文明反倒成为众矢之的，无立足之地。这一笔是精彩的，又是多么的沉重。

在这部作品里，我们结识了一个"左"得可怕，又愚得可笑的人物——入党四十年，打游击那年进山，后一直当村干部的"扎扎实实的老革命"马村长。他以老干部自居，"他说的话就代表了党""老子在菱角洼放个屁就是王法"。这话有着极大的普遍性。他主持批斗老郎中，目的是杀鸡给猴看，整顿村风；他夜晚上山向城里人装神弄鬼，目的是炫耀菱角洼比城里还"光亮"……他终于成为上级的"模范村长"。像他这种愚蠢的"土皇帝"，代表了万万千千的"土皇帝"。正因为这一类人物太多，酿成生活的悲剧自然不会太少。

《死胎》会给人们以许多思索。

（载《火花》杂志 1987 年 10 月、

《热河》杂志 1988 年 6 月）

# 热爱生活

## 读窦志先的小说集《蓝鸟》

### 黄国柱

# 作者简介

　　黄国柱，男，籍贯江苏泰兴，1952年出生于上海，中共党员。1969年加入江苏生产建设兵团，1972年入伍。1982年毕业于吉林大学中文系。先后任大军区政治部干事，解放军报政工科科长，中央电视台军事节目中心主任，新华社解放军分社社长，南京政治学院政治部主任，解放军报社社长。少将军衔。第十一届、十二届全国政协委员，中国作家协会会员，著名文学评论家。

　　著有文学评论集《困惑与选择》《北国的辉煌》《苍凉的历史》《圣土并不遥远》，散文报告文学集《苦海的帆》及新闻作品集多部。评论集《苍凉的历史》获全国第三届文学研究优秀成果奖，《圣土并不遥远》获解放军第三届文艺奖。

"蓦然回首，那人却在，灯火阑珊处。"读完空军上校窦志先的中短篇小说集《蓝鸟》，这句古诗蓦地袭上心头。这句诗因王国维在他著名的《人间词话》中比喻做学问者的第三种境界而广为人知。而我之发此感慨，一方面是有感于多年来一直坚持业余创作的志先成果来之不易，另一方面则出于对军旅小说经过十几年的繁荣喷发之后趋于冷落的担忧。从这两个方面来说，志先执着于小说创作的默默耕耘，并在军旅小说的园地里颇有收获，都是值得欣喜和庆贺的。

　　和新时期的许多军队作家一样，窦志先的小说创作也有两个根本的视角：军旅生涯和农村生活。不同的军队作家对这两个视角的侧重点有所不同，但是要研究他们，把握他们，绝对不能将这两个视点分离开来。农村孕育了我们这支军队的绝大多数人，以至于"农民的军队"成为一种对中国人民解放军性质界定的结论。读一读《走出盆地》（周大新）、《绿色的青春期》（刘兆

25

林)、《新兵连》（刘震云）、《少将》（乔瑜）、《毛雪》《农家军歌》（陈怀国）……便可以明白这个约定俗成的说法其深深的含义之所在了。

作为一个当代军人，窦志先以独具的那种诙谐情致的斑斓光彩，诉说着一种无可舍弃的对生活的挚爱，这首先表现为他对时代的某种具有深度的感悟。《人心隔肚皮》是一个看上去很轻巧的短篇，却载负着比较厚重的主题。庄上的老皮匠万老汉收养了孤儿耿大进，原指望耿大进做一个倒插门的女婿，接替他精致的手工艺，维持小康之家的和谐美满。尽管新一代人有自己的远大抱负，但这抱负却不能见容于保守成性的万老汉，县剧团来庄上演出，他不准女儿、大进去看，而要他们加班干活。耿大进用难以置信的忍耐克制自己，直到突然有一天不辞而别，他终于拒绝了万老汉那把精巧的锥子"传家宝"，另寻更广阔的天地去了。这小说的象征意味在于，新时期以来改革开放的新鲜气息终于欢进了闭塞的农村，"外面的世界"对于新一代农民的诱惑已经远远地超过了古朴落后的田园生活方式的吸引力。在中国式的默默忍受的农民性格中，已经悄悄地融入了新时代勇于闯荡、敢于创造新生活的个性。耿大进未尝不知道他不辞而别之后的骂名，他也并没有窘迫到食不果腹、衣不蔽体的地步，然而他终于有了不能满足终老于兹的

26

觉悟。万老汉所代表的古老田园的生活方式虽然有值得观赏甚至留恋之处，但在商品经济日趋发展的时代，作者还是为它唱了一曲凄婉的挽歌。道德的评判（如"人心隔肚皮"）在这里已显得苍白乏力，新时代的气息以其蓬勃的活力蔚成劲风，改变着哪怕是那样偏远的农村。

然而，对于整体上的农村而言，改革开放的浸染主要还是表现在经济的层面，对于传之久远而又自成体系的道德意识来说，要获得改变却是一个相当艰巨的过程。如果说窦志先的农村题材小说对改革开放的新生活发出了礼赞，那也是以含蓄的方式，以村民们尚未理解的方式表达出来的。对于志先来说，他对农村中愚昧、无知、落后的一面或许有更深些的感受。《死胎》便是这种感受的生动表达。在这部充满荒诞气息的中篇小说里，主人公郎中老爹一开始就置身于一种尖锐的冲突之中：处于难产之中的儿媳妇已经生命垂危，而他作为一个接生的行家里手却在"翁媳"的道德警戒线前举步维艰。儿子找船不着空手而回，往城里医院送的可能性已经不再存在，儿子在敦促父亲履行一个郎中的职责，而老伴却哭天抢地，绝不让郎中老爹为自己的儿媳妇接生。小说以郎中老爹断然接生，只接下一个死胎解决了第一个冲突。然而，其他的冲突接踵而至：先是村妇们的飞短流长；继而是村长组织的"桃色新闻批斗会"；再是死胎变成小神仙显灵的谣言四起；又有大批城里的时髦善男信女们蜂拥而来寻仙拜神；马村长为糊弄城里人而装神弄鬼；报应很快降临，村里的猪接二连三地死去……在这个波澜起伏的故事里，活脱脱刻画出了文明与愚昧共存、科学与迷信同在的当代农村生活的夸张与变形，有意无意间表明了在现代化的进程中，国民文化素质和道德观念同步迈进的极端重要性，令人深思。

我们不难发现，在《蓝鸟》中，有相当一部分作品，是用针砭、嘲讽生活中某种缺欠来表达作者对美好生活的向往与期待的。比如《后来者居上》中那位抢夺年轻人创作成果的中年剧作家吴思；《远亲不如近邻》中那胡搅蛮缠的牛兰母女；《蜗牛壳·窗花儿》中对妻子不忠的丈夫以及"第三者"丽莉……这些人是我们平凡生活中经常碰到的普通人。他们中，有的至今执迷不悟，坚持自己的错误（如吴思）；有的却良心发现，决心悔过自新，重新做人（如丈夫）；有的在美好善良的感召下，悟出了为人处世的道理（如牛兰母女）……不论他们如今怎样，小说的作者都已经在作品中表现了一种诙谐的宽容和童稚般的和解。这使窦志先的小说大多弥漫着一种轻松愉快的喜剧气氛，而鲜有沉重和压抑，仿佛他总是面带微笑来端详他的林林总总的人物和故事，进而让人感受到作者那一颗纯净的心灵和豁达大度的乐

28

观主义的人生态度。

这样说，并不意味着志先的作品都是单色调的。如果说，他极善于咀嚼生活的滋味，那么这滋味大多是酸甜苦辣、五味俱全的。他正是以喜剧诙谐的笔调去体味和测量某种人性深度的。《眼泪，落在蜜月的照片上……》和《蜗牛壳·窗花儿》都是以家庭夫妻生活为其描写对象的。作者细腻地刻画了平凡琐碎的家庭生活对于爱情的销蚀和磨损，但是却显示出两条大相径庭的出路：前者的丈夫醉心事业并尽量体贴妻子以获得对方的理解和内疚；而后者则企图在家庭之外寻求新的寄托和解脱，最后仍以夫妻间互相难以沟通谅解而告终。尽管作者的伦理倾向是相当明显的，但在结构故事的过程中，却尽可能写出了生活中人性的丰富复杂性，尤其是对《蜗牛壳·窗花儿》中妻子内心世界的揭示可谓相当真切，博人粲然一笑之余，又能发人深省。

在《蓝鸟》中，大概只有《红房子》和《无字的墓碑》算是"正宗"的军事文学。前者是和平时期女飞行员训练生活的描述，后者则是革命战争历史中的一段充满浪漫色彩的英雄传奇。对于一个军人作家来说，军事题材比例如此小，大概是有失"平衡"的。但是，《无字的墓碑》无疑是该书中最有分量的作品了。团长郑大刀在战斗中误杀了我军的地下工作者、统战对象大地主

29

穆仁之的儿子穆三发，被判以极刑。有趣的是，上级让他自己前去行刑地报到，也就是说，他和"押送"他的贴身警卫员李二狗完全可以逃跑一千次，但他却没有，就连在山里养伤时和翠玉姑娘的爱情和婚姻，也没有能最终将他挽留。他把自己送到红松坡引颈就戮，这故事够惊心动魄的了！像郑大刀这样的人，恐怕只有我们这支军队中才能出现。小说比较深刻地揭示了我军强大的政治伟力对于其成员的冶炼和锻造，其自觉的献身精神和直面死亡的勇气是以欲说还休（即无字之碑）的方式表述的，就更显得意味深长了。

（载《文艺报》1991 年 11 月 30 日）

# 繁星的光谱

## 读《这是一条女人的星系》

李炳银

# 作者简介

　　李炳银，男，1950年6月25日出生于陕西临潼铁炉乡厨李村，中共党员。著名文学评论家，中国报告文学学会常务副会长，《中国报告文学》杂志主编。1969年2月入空军服役，1975年7月毕业于复旦大学中文系。先后在国家出版事业管理局、文艺报社、中国作家协会研究部从事文学编辑、文学研究工作。多次出任鲁迅文学奖、徐迟报告文学奖、军队文学奖评选委员会委员。

　　出版《报告文学流变论》《国学宗师——胡适》《中国报告文学的凝思》《生活·文学与思考》《小说艺术论》《文学感知集》等多部作品。获多项国家级文艺评论奖。

自然，英雄的时代还没有过去。英雄和对英雄的崇拜依然是应当被不断呼唤的内容。但是，比起为数不多的英雄角色来，那些普通可又不平凡的民众毕竟要容易相遇相知一些。窦志先的报告文学作品集《这是一条女人的星系》中所报告的对象，就是一些普通却又不平凡的人物。这些人物，或许还不足以使我们心魂惊动，可从他们那种种或神奇、或脱俗、或坚毅、或奋争、或纯净的心灵举止中透露出的人格和精神，却不难生出许多钦佩之情的。或许不少的人们会惧于通向英雄之途的艰难，那么，你若乐意以这些人物为友，借鉴他们的经历，做一个普通而又不平凡的人就不会是困难的事了。

　　大自然间确有许多难解之谜。但也应当承认，许多神秘的事情都是人为造成的。人们自造了神秘，然后又在神秘跟前跪拜，这到底是可悲还是可喜的现象呢？窦志先在《天有一双手》中报告的冯天有，他以"新医正骨"法名扬于世，人称"神医""魔掌""华佗再现"。

达此医术，自是不易。可冯天有的"神、魔"正骨技术确确实实来自他的好学，来自他对中医正骨术与西医结合的执着追求。如此看来，神奇的似乎还不光是他的一双手，还有他那刻苦钻研和无私的人品与医德。平常，人们多把爱理解为人心灵情感的占有和享受，这当然是不错的。其实，爱似乎还有更多的内容，如奉献，如负重。母爱就是最为突出而充分的奉献，而像窦志先在《爱的心曲》中报告的空军某机务大队长吴大银对妻子的爱也许就是负重的爱。新婚不久，妻子即告瘫痪，生活无法自理。本来可能成为自己帮手的她如今却成为无法摆脱的拖累。从此，吴大银对妻子的爱就以他无尽的负重照顾为标志了。每天经管她生活，经管对她的治疗，还要一丝不放松自己那关系到飞行安全的机务工作。他十多年就从这种负重中走过来，把自己对爱的理解和态度写上蓝天，也写在人间，使人知之无不动情。《特级飞行员和女博士》同样在写着一对夫妇的关系与生活。他们的爱常以痛苦做代价。所幸，他们在痛苦之后，收到的毕竟是成功和幸福。《这是一条女人的星系》是作者献给新中国五代女航空员们的颂诗。这些女性姐妹，各自在经历了曲折艰辛之后，以她们的合力，开辟了中国女性通向蓝天之路。这是中国开天辟地以来的创举，这是永远都不会失去光辉的"星系"。比起女航空员们为走通这条通天路曾有过的那些无法简言诉说的喜悲艰苦来，她们的成功就显得格外辉煌。窦志先写下了她们的艰辛，也永久地留下了她们的辉煌。诚然，渤海、黄海中小岛上那些雷达兵，那位依仗自我的热情持久地监视大地动向的战士唐林根和几十年手握焊枪几闯难关救活战鹰的老师傅董健等，都没有像女航空员们这样地风光于世，但他们的人生同样是非凡的、充实的。他们那种持久的毅力和付出的品性与精神，何尝不是显示着英雄的素质呢！窦志先对他们的报告正是基于这样的理解基础之上。势利眼会把作家导向峡谷，公正却会使作者站在生活与文学的制高点上。

在这个集子中，有几篇是报告作家刘亚洲、乔良、王世阁，诗人李松涛，歌唱明星金曼，国际篮球健将邱晨，版画家王金旭，舞蹈新秀杨华生活及艺术创作活动的。这些人物对读者来说并不陌生，他们各自在自己的艺术领域中树旗封地，成为一路诸侯，然而，这种情形并没有妨碍窦志先对他们做近距离的报告。一般读者观众见识的或许只是这些人的艺术成果，窦志先告知于读者观众的却多是他们的人生以及他们是如何把自己的人生体验浇溶到自己的艺术中去的情形。所以，这些篇章既是这些人艺术成果的佐证，也可以成为读者生活与事业的参照资料，其价值是等量的。若把这些看成或是简单地等同于那些对某些人物逸闻趣事的猎取与钩沉式篇什，那是令人遗憾的。

窦志先是个报社编辑、记者，他写散文、写小说，近些年却多写报告文学，各样的奖也得过几次。但我不愿给他过高的赞誉。因为我知道，他并没有达到他应当也可以达到的高度，无论是在思想深刻性上，还是在文学艺术的表现方面，都是如此。我之所以向人们推荐这本报告文学集，其本意实在不是为了给窦志先什么鼓励，而是希望读者能从他提供的人生现象中有所汲取，使自己变得更有色彩一些。

（载《文艺报》1990 年 2 月 17 日）

# 《世纪末：爱情危机》序言

李炳银

在首届"中国潮"报告文学征文发奖会上，我认识了在这次全国性征文活动中荣获二等奖的窦志先。

　　过后，志先又把这部《世纪末：爱情危机》的稿子拿来让我看，并嘱为其作序。有关报告文学的论文我是写过一些，然而要为别人的书稿作序，不知何由，总还是有点迟疑的。在我们这个各样规矩特别多的国度里，人时常会无形地感到一种束缚，感到某些限制。结果，使许多精力、劳动就不觉间流失掉了。问题或许并不在于传统习惯的厚重，而在于人们常常以扼制自己的创造进取激情来求得一个暂时的平衡。我之所以无由地生起迟疑，根源就在这里。然而，人们对于自己不必要的扼制的时代应该结束了，让我们都变得正常起来，不是更舒坦吗？故此，在翻阅了志先的书稿之后，我明确地答应了他。

　　窦志先在一家部队报社当编辑，办副刊，文学写作只能在节假日和业余进行。1981年，他参加了中国作家协会文学讲习所（鲁迅文学院的前身）的学习。此后，他新作渐多，至今已有小说、报告文学、散文等百万余字发表，并多次荣获奖励。几年前，他已成为中国作家协会会员、中国报告文学学会会员。这些成绩，对于一位在职军人，对于一位编务在身的编辑，实在是十分丰硕的了。我亦是做过几年编辑工作的，能想象到志先为这些成果付出辛劳的情景。

《世纪末：爱情危机》，单从书名看，也许就会让人感到一震，甚至产生某些联想，这也自然正常。看一部书的优劣，重要的还在于它的内容。时下正有不少人在把男女的情感纠葛和性活动作为一种谋利赚钱的手段，挖空心思地要把许多离奇古怪的变态行为编织出来，用以勾起部分读者的欲望，使其解囊。这种行为，是对人类的情感和正当性行为的亵渎，是正常心灵被世俗玷污，被物欲侵蚀之后呈现的丑态。这种现象出而成风成潮，实在是人的悲哀和社会的不幸。在这个时候，描写和谈论中国存在的婚外恋情形，是带有危险的举动，它可能会遭到来自多方面的误解与责难。然而，科学和理性是能够排除误解，解脱责难的，问题的根本在于是否真正接近了科学和比较成功地运用了理性。

马克思和恩格斯说过："任何人类历史的第一个前提无疑是有生命的个人的存在。因此第一个需要确定的具体事实就是这些个人的肉体组织，以及受肉体组织制约的他们与自然的关系。……生命的生产（通过生育）即表现为双重关系：一方面是自然关系，另一方面是社会关系……"这个科学的阐述清楚地表明，在人类的性爱与婚姻生活当中，始终将存在着双重关系。一是男女本能的性欲望；一是这种性欲望的活动必然要受到人类社会关系的制约与影响。或许，只有在这样认识的基础上，人们才可能真正地认识并理解各种各样的婚外恋、"第三者"现象。在这部书稿里，窦志先通过大量的采访和筛选活动，为读者提供了十多种"第三者"、婚外恋的情形。这十多种"第三者"、婚外恋活动，各有各的发生原因及其进程与结局，为我们认识和研究现实的婚姻及爱情生活状态准备了十分有价值的资料。如果我们先不评判作家在描述这些"第三者"、婚外恋活动过程中随时流露出的许多看法的话，仅凭这些有价值的资料出发，也应向作家表示切实的谢意了。公正的结论必然建立在准确的理论指导和翔实的事实基础上。这两点可以说都有了，或许能奔达公正结论的彼岸。

不妨把论题看得开阔一些，这样就不致使我们陷于某个过于具体的小环境而失去了总体的把握，结果类同管中窥豹，难窥全貌。

近些年来，离婚案突增，"第三者"、婚外恋现象频繁，着实引起了许多人的关注。面对这个过去不曾突出的社会现象，有人惊恐，有人忧虑，有人欣慰，有人庆幸。它是魔鬼来临，还是爱神下凡？弄得社会生活沸沸扬扬，搞得许多人悲喜不静。窃以为，如果我们不是从某一个具体的婚变现象出发来看问题，而是从全局，从人类社会历史的发展并结合我们民族的传统来认识判断这种现象的话，那么就应当毫不迟疑地说，这是人性觉醒，社会发展进步的表现，它是人们的爱情婚姻即将走向一个比较合理正常阶段的前奏。惊恐可以理解，忧虑大可不必；欣慰是正常的，庆幸也不应过早。应当以现实的态度面对一切。

历来的许多现象表明，男女之间的关系是衡量社会文化修养水平的重要尺度之一。在这种关系当中，十分明显地反映着"自然界在何种程度上成了人具有的人的本性"（马克思语）。一个人在选择异性对象时失去了一切权利，而只是把这种行为看成是满足本能的需要或是达到某种社会目的的条件和方式，那是谈不上什么感情交往和婚姻幸福的，这样的社会其文明进步程度是不讲自明的。在我们居身之内的这块古老土地上，虽然有几千年的令外人羡慕的文化传统，但真正的文明到来相当迟缓。否定传统中那些有益的积极的内容自然是不能实现的臆想，但也应当看到，多少年来，封建主义思想笼罩大地，那些貌似纯净文明的东西把所有的人挟持到愚昧野蛮的地界，而把真正的文明拒之门外，污以罪名。这种文化传统非但阻碍着社会物质文明的正常发展，也更加残酷地扼制着社会精神文明的递进。在这样的扼制中，人们的性爱自由彻底被毁灭，男女间婚姻联系也完全被异化为某种权力、金钱、政治等行为，演出了不知道到底有多少的悲剧。我国的文学作品在表现这种悲剧过程中曾使自身取得了很高的成就。"五四"以来，文明渐兴，然而，在厚重的封建势力面前，也是举步维艰，人们的感情生活并没有出现整体的稍微突出一些的变化。但是，进入八十年代以后，历史的转机出现了，随着物质基础的逐渐丰裕，多年来人们封闭凝固的感情生活之门打开了。在得到了物质的温饱之后，人们对于情感生活中存在的扭曲、贫乏、肤浅等现象也开始从不满足发展到抗争追求了。生命意志顽强地生长起来了。因之，在这个无法把精神与肉体分开，难以使梦想脱离现实的历史时期，婚姻关系裂变，婚外恋现象突出地活跃起来了。尽管在这挣脱钳制的生命出生时，会带来许多的痛苦和血污，然而，生的欲望依然是强盛的。这时也许有生命的诞生，也许有生命的死亡，也许有人的复归，也许有人的失落，可这毕竟是一个较前更为自由、进步，更加接近文明的时期了。

社会生活的变化为人们的情感婚姻生活带来了新的理解和新的要求，同时也为人们走向理解和实现要求提供了一定的条件和才能。人们自然不会对此保持沉默，无动于衷。从志先为我们提供的实例中来看，实在找不出赵大牛的父亲赵四为了完成"指腹为亲"的契约，硬逼儿子与自己并不相爱，又因缺乏文化无法协助自己发展企业的姑娘桂芳结婚的道理。但是，实际上没有道理也无妨，最后赵大牛还是在绝食、躲藏无效的情形下，被迫成婚。在如此的状态面前，我们自然也找不出赵大牛在法规上存在着与桂芳的婚姻关系时，对自己久已心爱的姑娘凤菊表现亲近，直至发生婚外恋的现象有什么过错。一位年轻的女性，就因为生了个女孩，受到来自丈夫、婆婆等方面的打击迫害，结果移情他人；一位只把妻子当成泄欲工具的丈夫，其妻在不能忍受性虐待逃避家门，后来在一位年长教授的身上找到了精神依托，产生恋情；一位男性演员，在妻子不明事理，分不清艺术表演与实际生活的区别，从而像盯小偷一样地对待丈夫，几近使他的艺术生命消失时，这位丈夫接受了同伴的热情关照，发展为恋情等等这一切，将如何激起人们对这些婚外恋的当事者的愤恨呢？在这些现象中，很难说婚外恋者是单纯的对于性的追求，他们在很大的程度上是为摆脱痛苦境遇而无意间走到了这步田地的。自然，他们的行为是同法律相违背的。但是我们的法律若是为了保护愚昧与邪恶而存在，那不更是人生的不幸吗？爱情是美好的，尽管它时常与有些人心目中的道德观念和社会法律是不协调乃至对立的，但这不是爱情的过错。

在我看来，评价任何一种婚外恋、"第三者"的现象，不应孤立地看它是否合法，是否合于普遍的道德观念这一个方面。最根本也是最重要的是要看在这种恋情中，双方是否真诚，是否真有感情，而且这种感情结果是否构成了对他人、对社会的危害（这种危害不应只从道义上说，还应从具体的事实出发）。从严格意义上说，把一种美好的情感交流称之为"婚外恋"我以为都不是非常科学的。因为，在这个"符号"指称的背后，隐隐约约总让人感到它是一种非正常的现象。其实，婚姻并非是实现爱情的最后归宿，婚姻关系只不过是人进入社会关系之后为维护与发展社会正常秩序而加在爱情上的一种限制。这种限制是必要的，但并不是说一切的婚姻限制都是科学合理的。因之，"婚外恋"在某些时候并非不合理。自然也不是一切都值得首肯的。那种只承认婚姻关系中的爱情是合法的，把婚姻关系之外的爱情视如洪水猛兽，恨不得全部都歼灭的心理和行为，是对人类感情的戕害和绞杀。它不光是损毁着人自身，也必然影响到社会的发展与进步。二十世纪声誉卓著的英国思

45

想家罗素说："毫无疑问，因为婚姻而拒绝来自他方的一切爱情，这就意味着减少感受性、同情心以及和有价值的人接触的机会。从最理想的观点出发，这是在摧残人生中最美好的东西。"若是从这样的认识出发，我以为，像作品中的淑玉姑娘因崇拜艺术，崇拜画家梅公哥，以至以身相许的行为是不怎么令人震惊和奇怪的。当然，这必须排除人们对性关系的传统观念以及对女性贞操观的习惯理解才会有的看法了。

在充分尊重人的权利和纯洁的爱情的基础上，我们再来看志先为我们提供的又几种婚外恋现象，一定会有不同的认识和态度。一对已婚的男女，仅仅因为相互倾慕对方的容貌，就一下子步入歧途，然而经过一段的缠绵厮混之后，二人间除留下几次性关系的痕迹外，剩下的就只是爱不成而恨有之。一位握有权力的厂长，利用权力以公家的一套住房夺取了军人妻子的肉体，没想到这位妻子冤而不报，反倒顺水推舟，久成其奸。开餐馆的万小风经理已婚多年，因为有了钱，就用以勾引姑娘，果然就有毛妹这样的女孩可以满不在乎，还以为肉体换钱倒也容易。还有那些梦想出国的年轻女性，更是不择手段，可以为了实现出国的目的制造暂且离婚的骗局；也可以托身一个年长自己三十五岁的美籍华人；更有一位戏曲演员竟宁愿嫁给自己父亲的一位六十四岁的老友，而且棒打不散。还有一个想发家致富而投身到他人的怀抱，结果自己的丈夫一时气恼毒死奸夫一塘鱼……虽然相恋对对激情火热，可难以使人感受到一些美的味道。在这里，既有仅把性关系看成唯一的恋情，也有借性关系去达到其他目的的恋情，不管这其中的哪一种，都是人类正常性关系的扭曲，更是同正常自然的男女之爱毫不相干的。失却了真诚的情感，又让性关系负载着各样的目的的恋情是人的堕落，因为它还带着社会生活中的肮脏交易。所以，它甚至还不及动物之间的性爱来得单纯，是彻底的丑态恶行。这样的婚外恋只不过是一种低级的媾和，理应祛除，因为，它于人类、于社会、于文明都是无益无缘的。

很难保证志先在描绘这种"第三者"、婚外恋时流露出的倾向性都科学精当，更不能说我的这些理解判断都被所有的人认可。但是，今天，我们毕竟可以写，可以谈论婚外恋，谈论性的现象与问题了。这无论如何是一个进步。虽然说在这里，志先比我更谨慎，更看重提供客观事实的重要性，所以也许比我更接近真理。我还以为，这部作品理性观照部分也有精到之处。面对某一种社会现象或社会问题给予理性的分析，是近些年来报告文学的突出特点。这种特点有力地促进着新的思想观念的生长，也在加速着陈旧迂腐思想习惯的死亡。若是放弃或减弱了这个特点，实际上就是放弃了自己应有的态度，使对象变得模糊起来了。虽然，志先是一位军人，但他怎么能脱离我们这个特殊的环境而存在呢！所以，在我看来，他正以一个军人的素质和精神，扬起了自己的理性之剑。面对这部信息量极大的作品，在所有的叙述和描写上，志先都恰到好处地运用了语言，所有情节，所有人物，凝练而不失清晰；客观真实却不乏生动，即使旁征博引，也十分自然、贴切，更增加了作品的广度、深度和力度。更重要的是，他把一个可能会流于花里胡哨的题材内容处理得十分严肃庄重，避免了随时都可能滑向庸俗的危险，我想，在这些地方，不光表现着作家的文品，也体现着作家的才能。

有谚语说：太阳每天早上都是新的。我想把它说给志先听，并以此作为文章的结束。

是为"序"。

（《世纪末：爱情危机》由中国社会出版社
1996 年 5 月出版）

# 写在无字碑前的字

乔 良

# 作者简介

乔良，国防大学教授，享誉东西方的前沿军事理论家，著名军旅作家，空军少将。全国首批政府特殊津贴享有者。央视《百家讲坛》第一批主讲人，主讲《新解36计》。

数十年笔耕不辍，发表诗歌、小说、散文、报告文学、文学评论、话剧、电影、电视剧本及军事理论、国际问题评论等各类作品六百余万字。其中，中篇小说《灵旗》获1987年全国中篇小说奖，长篇小说《末日之门》获首届全军新作品一等奖，话剧剧本《人杰鬼雄》（与邓海南合作）获首届"田汉杯"一等奖。1988年获首届"庄重文文学奖"，2002年获"冯牧文学奖"。

1999年与王湘穗共同提出"超限战"理论，引起国内外广泛震动。《超限战》一书被美西点军校列为课外必读书，被美海军学院作为正式教材，被写入美陆军最新作战条令，被称为"当代名著"和"自克劳塞维茨以来最有意义的战略著作"。其影响力至今不衰，美军参联会主席马蒂斯上将及退役中校霍夫曼认为是第一代"混合战争"理论的开创者。其个人专著《帝国之弧》甫一出版，即成为政经类畅销书，当年连续印刷十余次。

认识志先的文章，要比认识志先早。但开初给我印象深刻的，是志先，而不是他的文章。那时他收入这本集子里的几部小说都还不曾面世，自然也就谈不上时下人们格外推重的什么名啊气的，可他那一掬谦谦之态中略带狡黠的浅笑却使我隐约预感到了点什么。这肯定是个不安分且又有名堂的家伙，我想，包括在艺术上。果然，他用他的小说一次次证明了我的预感；尽管他几次矢口否认他与他小说中的人物遭际和感受有什么共同之处，我还是坚信我从这些不时令我感叹或惊讶的文字中读到了志先这个人。我的直觉没有错。

　　先读到的是《无字的墓碑》，这篇东西恐怕使志先最早体味到了在小说上成功的滋味。以至今天他编小说处女集时，仍像怀着一种感激似的要用它作为书名。不过，初读时我并未上志先的"圈套"，因为小说的开头总使我想起雨果老头，想起《九三年》。没办法，这是职业病。但一直读下去，那份阅读同代人作品时常有的

51

不以为然便悄悄消失了，不觉中我已沉浸到了一阕回肠荡气的漫漫浩歌之中，这歌也无字，只有旋律，在你感情的潮面上上下翻飞，许许久久。倒不是那种戏剧性成分多少浓了点因而人为之痕也就重了点的情节完全俘掠了我，而是冥冥间我获得了一种昭示：一个能以《无字的墓碑》中这般手段治理她的党和她的军队的政治集团，怎么可能不成为近几十年来中国命运的主宰？而几十年风销雨蚀，那个把军功章别在郑大刀胸前又旋即将他推上刑场的力量到哪里去了呢？你去想吧，想不通，就再读读《无字的墓碑》。见仁见智，一篇东西能给人一种启迪或愉悦即属不易，特别是在那么多过目即忘的东西充塞文坛之际。

后来我又读到了《死胎》。《死胎》一如《墓碑》，有股子震人心魄的劲儿。但《死胎》在小说上要成熟得多。我甚至相信这一篇东西使志先体悟到了好多小说的奥秘，这奥秘一经被他悟破便如虎添翼地在他的作品中显现出来，不信你就再读读《死胎》，不会让你失望的，当然也不是无可挑剔。从这篇东西所流露出的价值取向来看，志先的价值观正处在确立与破坏之间，对农村中愚钝蒙昧的鞭笞与对城市人时尚新潮的轻蔑，这正是时下典型的中国作家心态。尽管这篇小说的主旨并不在于揭示农村与城市的对立，而更着墨于对中国几千年来陈陈相因的封建文化习俗的批判（这一批判在《死胎》中很是有力），但作家的价值倾向不能不随时泄露出来，使我不免生出些许隐忧：能不能从那些在志先笔下充满象征意味的农民与城里人的肩头望开去，看得更远些，更深些呢？志先是有这种潜力的，因为他这人多思，且少年时曾经磨难和坎坷。

《情网》和《魔影》，认真说来不及《墓碑》和《死胎》出色，但却都标示出了志先在小说艺术上的日渐精进和成熟。无论是感情历程还是铺排故事，在志先的笔下都展现得波澜跌宕，张弛有致。尤其是写男人与女人间的情感，志先似乎天生是这方面的行家里手。如《情网》，尽管结尾处古月芬的突变使人有猝不及防的突兀之感，但一个工于心计、善使软招折人的女子形象还是令人一颤地站立在了你的面前，由不得你不正视她，审视她。而这时，志先便一如既往地浅笑着品味起自己的成功来。这种浅笑自然另有一番深意。

为友人的书写序，这是第二回，绝非我之所长。而以己之所短，论人之所长，实在荒谬得可以。所以，不管说得在不在点上，都请此书的作者和读者宽涵。

权作序。

（中短篇小说集《无字的墓碑》序，
中国文联出版公司 1990 年 2 月出版）

# 对军旅人生的深沉思索

## 读《蓝鸟》

### 丁临一

# 作者简介

　　丁临一，男，1953年出生，安徽肥东人，中共党员。吉林大学中文系毕业。武警总部电视艺术中心主任，大校警衔，专业技术四级（按正军职待遇）。著名文艺评论家，中国作家协会军事文学委员会委员，中国报告文学学会理事。多次担任中国作协茅盾文学奖、鲁迅文学奖及中宣部"五个一工程"奖评委会委员。

　　著有文艺评论集《踏波推澜》、长篇报告文学《长风破浪会有时》《走向未来》等，多次获军内外各种文学评论奖。

窦志先是近年来比较活跃的一位部队作家，他新近出版的中短篇小说集《蓝鸟》（解放军文艺出版社出版），通过一个个普普通通的革命军人和劳动群众形象的刻画，倾注了他作为一位富于社会责任感的部队文艺战士对于我们的军队、我们的人民的一片火热的情感。

　　《蓝鸟》中收入的八篇小说，题材多样，看起来反映的生活面各不相同，但细细琢磨却不难觉出，这篇篇作品都在热情地呼唤一种健康向上的人生态度，一种真诚美好的人际关系，一种开拓进取的生活精神，一种克己奉献的情感与胸怀。《红房子》通过描写三位年轻的女飞行员之间一些平平常常的生活故事、矛盾冲突，歌赞了机长姗姗平日严守纪律、严格要求自己，自觉从最微小的事情做起，关键时刻果敢机智、临危不惧的优秀的革命军人素质。《眼泪，落在蜜月的照片上……》，则通过一对新婚夫妻的情感纠葛，别出心裁地突出了呼唤当代青年相互理解、摆脱世俗、自强奋进的思想主旨。

这些作品中的主人公都是当代青年军人，但作品所展现的生活画面却并不限于"直线加方块"的内容，作家有意识地在军地生活的边缘地带进行开掘，从而大大增强了作品对于整个当代社会生活的涵盖面。

值得注意的是，作家并不是简单地一味为社会生活唱空洞的颂歌，而是勇于直面社会和人生，深刻地反映出社会生活的复杂性和人生进程的艰难。《死胎》中表现出的文明与愚昧的抗争可谓惊心动魄，不仅是善良的劳动群众郎中老爹一家的不幸遭遇令人同情和慨叹，那个"入党四十多年，一直当村干部"的马村长，以及栓柱娘对待郎中老爹的态度尤其耐人寻味。而马村长的二儿子、"在省城读书"的青年人马胜龙形象的出现，可以说是预示了菱角洼村必将摆脱愚昧、走向文明的光明前景。《蓝鸟》中唯一的一篇革命历史题材的作品《无字的墓碑》，堪称是这本小说集中分量极重的篇什。十三岁就参加革命的郑大刀团长战功卓著，却又因在战场上错杀无辜而被送上了军事法庭。作家既真实地写出了战争年代敌我友各个方面的复杂情状，又凸现了郑大刀团长以革命利益高于一切、置个人生死于度外的那种真正共产党人和革命军人的优秀品格。因而，郑大刀团长墓前那块高大的无字墓碑，令我们肃然起敬，也引发了我们更多的思考。在《后来者居上》和《蜗牛壳·窗花儿》中，作家揭示了社会生活复杂性的一面，同时也对于我们生活中消极的、不健康的思想情趣给予了严肃的抨击和辛辣的讽刺。作家从正反两个方面对于生活的开掘和把握，尤其是注重对于活生生的人物的刻画，使得《蓝鸟》中的作品情趣浓郁，可读性强，同时又具有较大的生活容量和一定的思想深度，读来能够使人的心弦深深地被触动。

"蓝鸟"是什么？每个读过窦志先这本中短篇小说集的读者，我想都会有个清晰的认识——它是一种象征，它是一片希冀，它是热切的呼唤，它是亲切的警策：每一个合格的革命军人，每一个有良知的中国公民，都应该生活得更丰富更自觉，更健康更美好，更积极更有意义！

（载《解放军报》1992年2月11日）

# 人性的坚韧与凄美

## 读窦志先小说集《蓝鸟》

### 李松涛

# 作者简介

李松涛，男，1950年出生于辽宁省昌图县。长期在部队工作，著名军旅诗人、作家，大校军衔，专业技术四级（按正军职待遇）。1979年加入中国作家协会。中国诗歌学会副会长，辽宁省新诗学会会长。

出版各类文学作品三十余部，收入海内外三百余种选集，被译为英文、法文、德文等多种语言文字。长诗《拒绝末日》《黄之河》《雷锋，我与你同行》等作品获鲁迅文学奖、中国图书奖、解放军文艺奖等各种奖励近百项。名字和作品被写进多种版本的当代文学史和多所大学的讲义。另有罗继仁编《论李松涛的创作》《巍峨的存在：李松涛》《凝视·文坛远观近看李松涛》和邢海珍专著《诗的朝圣之路——李松涛论》。

两次荣立军功，连续五次出席中国作家全国代表大会。

大凡读过中短篇小说集《蓝鸟》的人，不难发现，志先使用两支笔完成了自己的若干命题：一部分作品是用墨笔写的，以沉重、冷峻为底色，如《死胎》《无字的墓碑》；一部分作品是用彩笔写的，以轻松、明快为主调，如《人心隔肚皮》《后来者居上》《远亲不如近邻》《红房子》等等。总括来说，集子中的作品，忧郁的乡愁也罢，多味的婚恋也罢，曲曲折折，林林总总，归结起来皆为人恋。这符合作家的本意，也符合艺术的本体。志先是个投入生活、热爱生活的"歌手"。作为一个从垄沟里走出的孩子，农村生活他熟悉；作为一名空军上校，军旅生涯他熟悉；而作为一个有血有肉的凡人，心灵世界里里外外的诸般生活他都不陌生，集子中的篇什对此是绘声绘色的佐证。

　　《无字的墓碑》以纯净的白描手法，洗练的语言，表现了一种特殊际遇中的人生大尴尬。扣人心弦的传奇色彩统括全篇：主人公郑大刀是身经百战、屡建奇功的英雄，但同时又是错杀无辜、遭判极刑的罪人。他原本有机会携爱妻逃遁，可他却自愿留下伏法了。矛盾内容结实，人物行为可信，读者在一波三折的情节脉络中，会豁然领略严酷环境中人性的坚韧与凄美。如果说中篇《无字的墓碑》最具历史的力度，那么另一中篇《死胎》则更有现实的重量了。他通过一个浸润着悲剧色彩的故事，透视了陈腐的伦理观念与健康的职业道德之间的冲突。老郎中面对难产的儿媳，高明的医术表现为束手无策。作为医生却不能救人，只因他是公爹，见不得儿媳的身子。胎死腹中的代价，告诉人们一个血的事实：愚昧落后的封建残余依旧深植并盘根错节于我们的呼吸当中。警示省人，作品从而揭示了古老土地走向现代文明的艰辛与磨难。《眼泪，落在蜜月的照片上……》《蜗牛壳·窗花儿》等作品，题材的多意性旨在反映生活的复杂性。在这些篇章里，充分展示了作者对微妙的人际关系的深层思索，于此，灵动的情节仅仅是他精神的载体，而传神的语言也是纯粹成了他探求的走廊，他真正要说的全在情节之上与语言之中了。

（载《新闻出版报》1992 年 5 月 29 日）

# 感情的位置

## 读《这是一条女人的星系》

李洪洋

# 作者简介

　　李洪洋，男，1962年出生于北京，中共党员。曾在工、农、商、学、兵、政、文等数个行业里有所成就。毕业于中国人民大学中文系。1984年被空军特招入伍，先后在空军报社、解放军报社任职，参加过边境作战，荣立三等功，陆军中校。2001年转业至人民日报社后，工作几经变动，先后在两家正厅级著名媒体当领导，同时兼任属下三家公司董事长。目前出任中国一家著名农产品供应链企业副总裁，企业每天把价值三亿元的农产品配送到全国各地。

　　创作发表小说、诗歌、散文、报告文学等作品，出版小说集《红色荒漠》，主编《在云端》《平凡的良心》等专著。多次获中国品牌媒体建设贡献人物奖、影响力人物奖、中国新闻奖。

宽容的世界容纳了五光十色的作家，而五光十色的作家又将世界瓜分为己有。

　　空军作家窦志先割下了属于空军的这一块。二十六年的空军生活，多年的业余创作生涯，他把他割下的"空军世界"又展示给了读者，于是，便有了一本报告文学集《这是一条女人的星系》。

　　这是空军建立四十年来第一本表现空军生活的个人报告文学集。

　　这本书由"风流颂""畅想曲"两辑组成，所辑的十几篇报告文学便是窦志先的"空军世界"。在他的世界里，有叱咤风云的特级飞行员和女博士；有闻名遐迩的神医、诗人、作家和艺术家；有中国空军的五批女飞行员；还有默默无闻的镇守边疆的战士。志先既抒写了这些人在各自的岗位上用辛勤劳动创造的辉煌业绩，又展示了他们在人生旅途上的命运、爱情、生死、痛苦、欢乐、理想与追求的复杂隐秘的内心世界。他的情感是真挚的，他的思想是深沉的。

我与志先交往多年，他总是以他那孩子般的充满细腻情感的大眼睛观察世界。他爱哭，我曾经有一次看到他为别人的一件悲伤的事情哭得顿足捶胸，以致两眼红得像冒血。读了这本报告文学集，一种强烈的感情激流震荡着我，我忽然猜想到，志先一定是红着眼睛将这些文章写出来的。

感情二字是这部报告文学集的最大特色。《爱的心曲》写了一个优秀的机务工作者和他瘫痪的妻子的故事，作者饱含激情地为我们表现了一个"妻子不丢，事业不丢，两副重担一肩挑"的军人形象和一个把"对他的爱，一针一线都缝进去"的残疾女人的胸怀。在《穿着魔鞋起舞的人》里，志先以他那饱蘸着深情、疼爱的笔为我们勾勒了一个女舞蹈艺术家的形象。

在读志先的所有作品时，我常恍惚觉得这是在读一本志先写给他理想中的情人的情书。志先不属于那种我们常见到的在作品中大肆张扬情感的、令人神经抽搐的作家，也不属于那种在生活中或是在作品中板着面孔像哲人一样苦思的作家，他总是善于将情感置于生活的细微处（细节），然后加以升华。在报告文学《这是一条女人的星系》里，他写道："（母亲）亲亲热热地问（孩子）：'培培，你说说，你长得像谁？''牛。''为什么像牛?''我是吃牛奶长大的呗。'张景荣一怔，睁大眼盯着培培，心酸酸的，猛地将女儿紧紧地抱进怀里，顺手解开衣扣，愧疚、疼爱之情一齐涌上心头：'孩子，这是妈妈的奶，你吃一口吧，吃一口你长得就像妈妈了。'培培看着妈妈的胸脯，小脸憋得通红，一个劲地往后缩：'不嘛！妈妈奶不能吃……'"这是一种什么样的感情啊！可志先将它牢牢地捕捉到了，志先将它融进了自己的血液中。

围绕着写感情，志先的夫妻（男人和女人）意识非常强，尤其是在写到二者的关系时。夫妻之间的感情经过他轻松而潇洒的处理，便形成了一种巨大的力量，这种由共同的理想、共同的生活所凝结而成的爱的力量，是什么东西都无法阻挡的。

感情在于理解，在这一点上，志先有非凡的理解感情的能力，而这种能力便自然而然地成为他思维和创作的主要特点。"有特点的作家才是真正的作家"，这是一个伟人说的。而志先却说："在理解的天平上选准自己的位置。"我衷心地希望志先能坐稳他的位置，耕耘好他的世界，成为一个真正的好作家。

（载《博览群书》1990 年 4 月）

# 误解之外的艺术

## 读《死胎》

李洪洋

不要误解，世界上许许多多的事物都是被误解之后而失去其价值的。艺术的创造品更是如此。艺术不承认终结，刚诞生的罗丹的《青铜时代》、凡·高的《向日葵》不都是被人们误解了吗？在中国农村的一个偏僻的小山村里，现代思想已经注入了可供它生长的子宫。然而，当它临产的时候，各种器官便以其封建的抵抗力使它成了死胎。但是，不要误解，这"胎儿"并没有死（当然也没有很好地活），只是像个影子一样"从村子的这头游到那头，又从村子的那头游回这头"。艺术在这里并没有终结。

　　当然，这并不是刊载于1987年第10期《火花》上的中篇小说《死胎》（作者窦志先）的情节，《死胎》并没有告诉你什么"反封建""现代思想"这类字眼。如果这篇小说像罗列"多米诺骨牌"一样把这些字眼口号般地罗列给你，那它就不是艺术了。这里，你也千万不要把它误解为艺术。

这篇被人们习惯称为农村题材的小说只是告诉了你一个故事：菱角洼是中国无数个小山村中的一个，这个宁静的小山村有一天突然发生了一件事情，公公为儿媳接生，生出来的居然又是一个死胎。于是乎小山村喧哗与骚动了，各种人为了维护千百年来自身的一种思维与生活的定式，取下了脸上的面罩，脱下了一出门就穿上的"外衣"，开始跳起了"裸体舞"，显现出了各种不同的思想与灵魂。

　　这个故事自然有很多人参加，而这些人物所代表的正是组成我们这个社会的分子。公公算得上是一个主要人物，他是一个医术高明、曾为无数女人接生过的老郎中。他为儿媳接生，成了这一悲剧的导火索。而正是这个职业和伦理矛盾的集中体现者，代表了在旧的精神意识躯壳中所存在的新的因素——科学（医学）的因素。另一个人物就是那个"扎扎实实的老革命"马村长，他成了使悲剧恶化的催化剂。他代表了当代生活中掌有一定权力而又极不进化的权贵人物。这种人对社会的前进起到极大的阻碍作用，可他们还往往被赏识、重用，这正是社会的悲剧。与马村长相反的就是他的儿子、全村唯一的大学生马胜龙，他的身上有很多当代文明的分子。但这种人物在强大的封建势力的面前往往不能找到自己的一席之地，这也说明文明战胜愚昧的艰巨性。而大磨盘、大黄牙等人身上所具有的根深蒂固的小农意识成了供《死胎》这一悲剧生存的土壤。

值得注意的是，作者在描写菱角洼的同时引进了一群城市里来的青年。可以看出，作者所鞭笞嘲笑的封建势力，不仅山村中有，城市里也有，只不过其呈现的方式不同。物质富有了以后，怎么样才能使精神更为富有呢？在作者塑造的菱角洼这个艺术舞台上，各种人物纷繁迷离，相继登场。这些人物形象的完成、综合及相互关系的统一，表现出作者在人物整体性把握中较好的艺术感觉能力，这些人物使读者们充分地感受到了人类社会的多变性、活动性和相对稳定性。

当你读完《死胎》，当你合上书本掩卷遐思，当你超越误解，为艺术之神所诱惑之时，你会不知不觉地跳出（或忘记了）菱角洼这个山村，开始宏观地把握社会；你还会不知不觉地去探索人究竟是一种什么东西，会猛然发现人类的觉醒与人类的堕落同样也是一种对立统一的关系……当然，《死胎》也有它的不足，其不足之处正在于它没有明显的缺陷。另外，纵观其文，也不难发现，作者的潜意识里还有一些压抑的阴影。

一部作品，是一个艺术家精神力量的体现。《死胎》有味，当它那丰富深邃的内涵和复杂的人物关系从作者的笔下缓缓流出之时，它便开始成为一种艺术，为读者提供了从多种角度对它进行窥探和感受的可能性，给读者留下了广阔的思维空间。当然，这种空间往往容易使人误解。

（载《博览群书》1988 年 3 月）

# 《无字的墓碑》漫议

李洪洋

一

　　狂风、黑云在红松坡上停留，走也不走。两声枪响，
一条好汉栽倒在早已为他挖好的土坑旁。几分钟后，一
座高大的墓碑竖起来了，墓碑上却没有一个字。

　　写完中篇小说《无字的墓碑》（载《小说林》1985
年 12 月），青年作家窦志先趴在桌上孩子一般哭了。那
被枪决的好汉是战功赫赫的红军团长郑大刀。在解放红
松坡的战斗中，由于他错杀了一个重要人物，从而导致
了他在庆功大会上被判了死刑。郑大刀在赴刑场的路上，
又与纯朴的姑娘翠玉发生了爱情。爱情使他找到了生的
机会，但他最终却选择了去死。

　　人生、社会、自然以至宇宙之间，什么事都可能发
生，如果不是这样，这世界或许不能称其为世界了。

　　爱情与伦理、人性与党性、生与死的矛盾，构成了

《无字的墓碑》的主旨。文学向心理学的渗透，是当前文学创作的一种趋向，作家窦志先做了一次很好的尝试。

二

小说写的是人。作者把一个一向被认为是完美的英雄形象放到"生——死——生——死"之间去进行深刻的心理剖析。

喝了催命酒的郑大刀在赴刑场的路上，救下了美丽的姑娘翠玉，翠玉那狂热的爱情又唤起了郑大刀对生命的渴求。感情让他活，理性让他死，在这一对生与死的深深的矛盾中，团长选择了后者。作者巧妙设置的这场爱情纠葛，深化了英雄之所以为人的主题。

有人骂曰：你郑大刀在临死之前还想着要玩女人，娶老婆，称得上是一个堂堂的英雄好汉吗？

也有人叹曰：你赫赫有名的团长既然倒入了生的怀抱，完全可以另走他路，为何还要主动去为一个族长的公子偿命？

人是生活在社会中的，郑大刀是人，而郑大刀又是一个革命者。

## 三

《无字的墓碑》是一道历史的考题。

陕西乾陵山上，立着一块则天武后的墓碑，立的时候也是没有字的。有人说，武后的功绩大得无法用文字来表示，故墓碑是无字的；也有人说，碑文是立碑者有意留给后人去写的，死者的功罪只有历史才能评说。

这两种说法，该倾向于哪种？

而对融英雄、罪犯及普通人为一体的郑大刀的这块无字墓碑，又该怎样去评价？

## 四

我认识作者窦志先，他是个性格坚强、感情热烈的人，他对我谈及这篇小说的构思时，激动得热泪纵横。认识人，就敢更好地去理解、评价其作品，以免犯批评界传统的"以意逆志"的错误。

愿青年作家窦志先百尺竿头，更进一步。

（载《博览群书》1986 年 9 月）

# 要塑造出鲜活的人来

## 读中篇小说《无字的墓碑》

张秦林

# 作者简介

　　张秦林，男，1951 年 8 月 18 日出生，陕西凤翔人，中共党员。毕业于北京大学中文系、北京电影学院影视编导专业。空军政治部文艺创作室专业作家兼空军蓝天幼儿艺术团团长、艺术指导，专业技术四级（按正军职待遇），大校军衔。

　　参与创作的大型歌舞节目《手拉手》《金蛋蛋银蛋蛋》《金月亮银月亮》《太阳你好》《我和祖国一起飞》《十二吉祥》等，在中央电视台春晚播出后，广受观众好评。

刚刚上台领受了一级战斗勋章的英雄团长郑大刀，随即被判了死刑，行刑者却是郑大刀冒着生命危险，从敌人的屠刀下抢救出来的战友；赴刑场的途中，郑大刀又与一个姑娘产生了纠葛层出的爱情；最终，郑大刀毅然离开已经孕育了小生命的心爱的妻子，独自去蹈死地，庄严地倒下……这就是窦志先的中篇小说《无字的墓碑》（载《小说林》1985 年 12 期）向我们讲述的一个动人心弦的故事、发人深思的悲剧。

　　这部小说的主旨是什么？是描述一个爱情的悲剧，还是告诫人们战争带来的苦难？是鞭挞绿林好汉式的人物，还是礼赞党和军队如山的法纪？是颂扬英雄主义，还是痛责个人主义？乍看，很难讲清；读罢，宛若嚼着一枚带核的橄榄，其味无穷。也许，小说的多义性正在于此。

　　作者的构思很巧，比较自如地运用典型环境，多侧面地塑造了一个个有血有肉的典型人物。作品以抒情的笔触，描绘了一个个活生生的人物形象，给读者留下了深刻印象。尤其是郑大刀这个人物，性格鲜明，形象生动，绝无概念化、公式化，而是把英雄与罪人集于一身，十分自然地融于情理之中，这是不多见的。在表现革命军队英雄形象上，作品有创新，跃入了一个更为深刻的塑造英雄形象的艺术境地。其他人物如翠玉、李二狗等，也都活脱脱地出现在读者面前。

作品的立意很好。无论什么人，犯了罪就应依法惩处，即使是战功赫赫的英雄也不能例外，这反映了我们党领导的人民军队与其他军队的本质区别。正因为如此，才深深触动了被处以极刑的郑大刀的心灵，他终以一个革命军人的崇高精神战胜了自我，大义凛然地走向死亡。由此可以想见，我们有这样的战士，有这样的战士组成的人民军队，还有什么不可以战胜的呢？今天，我们在进行法制教育时，读一读这部小说，是能够有所裨益的。

这部小说的艺术风格也很有些特色。有新意，很深沉，既有强烈的悬念、完整的故事，又有散文和诗歌的意境，是艺术性与可读性结合较好的作品。

尤其值得注意的是，作者对人物的塑造没有流于脸谱化、表面化，而是将笔墨恣意泼向人物的内心世界，使得作品中人物的爱与恨、恩与仇、喜悦与痛苦的复杂心理和鲜明形象跃然于纸上。正如有的评论所说，作者的笔不是像推土机那样对生活面进行平推，而是像钻探机那样在人物的心灵深处进行开掘，因而让几个有血有肉、可信、感人的艺术形象立在读者面前。这说明任何一部作品的感人的力量都不取决于情节离奇，而在于人物内心世界的丰富、形象的鲜活和主题的深化。

当然，作品中人物性格刻画似乎有些雷同，爱情描写过多，个别细节有失真感，这在一定程度上也削弱了小说的艺术感染力。

（载《工人日报》1986 年 3 月 30 日）

# 眼力·心力·笔力

## 读《眼泪，落在蜜月的照片上……》

### 时　明

# 作者简介

时明，男，1952年出生，北京人。中国作家协会会员，中共党员。空军政治部文艺创作室专业作家，上校军衔。转业后，在华龄出版社做编辑。出版小说集《别问我爱谁》等。

夫妻间因爱好、情趣的不同而发生矛盾纠纷，是极普通的题材，唯其普通，便也难得写出惊人的文章来。《滇池》1983 年 8 月号的小说《眼泪，落在蜜月的照片上……》正是在这极普通的、司空见惯的题材中，开掘出了深刻的主题，写出了引人深思的人物。假如生活是一匹五色缤纷的彩缎，作家的眼睛就应该是一把锋利的剪刀。作家的眼力就是要表现在能够从同样的生活素材之中，剪裁出角度、尺寸、色彩等完全与众不同的艺术形象来。这篇小说的别开生面之处就是：随着时代的前进，人与人之间的关系中，精神生活的需求更高了。

　　从构思上看，作者也很费了一番心思，巧妙地运用对比的手法，在绘事状物中使人物形象鲜明起来，突出起来，造成一种强烈的印象。小说开篇就点明了夫妻俩的性格对比："像他俩，性格迥然不同，居然能结成夫妻，岂不怪哉？"业余作家所而康，文静、持重，屁股一着凳就能待上五六个小时，可以不说一句话；相反，他的妻子总是两眼一睁,"忙"到熄灯,爱玩爱闹,很少见她有安静的时候。性格上的"动"和"静"是矛盾的,在精神生活的追求上也是矛盾的。一个惜时如金,一心"用手中的笔和深沉的爱去执着地赞美自然,表现生活";一个满足于"能值值班,不把活人治死就行",趁年轻,得乐且乐地生活。如果说性格上的矛盾可以统一的话,那么,精神生活上的矛盾能不能统一呢?当妻子撕毁了丈夫的手稿,点燃了矛盾的导火索后,分裂爆发了。所而康萌生了离婚的念头。然而,所而康的内心世界也是矛盾的,妻子有丑的一面,也有美的一面。特别是看到妻子舍不得喝自己因病订的一瓶牛奶,留给他喝时,他又觉得对不住妻子了。纵观小说,通篇都是动与静、丑与美、高尚与低下的矛盾和对比,作者也正是运用这种矛盾和对比,设置了一个又一个悬念,把读者的注意力从开篇吸引到结尾。是的,这场矛盾该怎样结束呢?作者揭底的时候,仍然没有忘记对比。当妻子发现丈夫为了陪自己去玩,一夜没睡,赶写小说后,竟然一反常态地静了下来,"捧起那本蓝色绸面的影集,一张一张地翻看起来"。所而康呢,则由静变为动,妻子越不说话,他的话越多,甚至"抓住妻子的胳膊,简直想把她拖走"。结尾之处,实在精彩,使作品的主题得到了升华,体现了作者构思的功力。

从笔下的功夫来看，作者文笔流畅，细腻传神："……'嘻嘻！你越生气我就越感到高兴。'她没有回答丈夫的问话，转身扑向所而康的怀里，又亲又吻，像小鸟一样地快活。""……'离就离！求你?'她神情高傲地瞟了他一眼，'哇'的一声哭开了，'叫你离！叫你离！'随手将床上的缎面被、绣花枕头全扔在地板上，从床的这一头滚到那一头，'我早看出来你喜新厌旧哪，你心里又有了别人！想甩了我? 哼，没那么便宜，我不干！呜——呜——'"这两段描写，寥寥数笔，就勾勒出一个鲜灵灵、活脱脱的人物。对文字没有驾轻就熟的功力，是很难做到这一点的。

（载《滇池》1984 年 1 月）

# 凤舞龙飞

## 读窦志先纪实文学集《龙吟凤鸣》记

杨庆春

# 作者简介

　　杨庆春，男，安徽宿松人，中共党员。笔名常用谢人、秦春。空军政治工作部宣传文化中心主任，曾任空军报社社长兼高级编辑，空军大校。1996年荣立三等功一次，2008年被评为空军优秀参谋，著名杂文家。

　　写作编辑新闻评论、深度报道等获全军新闻一等奖三次、二等奖三次、三等奖三次，杂文随笔获全国征文、报刊评比特等奖、一等奖、二等奖、三等奖若干。五十多篇杂文随笔入选不同图书选本。出版杂文随笔集《一种逻辑常有理》《"醒"后吐真言》《认真说"认真"》、理论随笔集《思想的天空》，另有军事新闻评论作品集《月旦评春秋》、军事新闻报道作品集《峰高看山基》。

我用五笔字输入法，键敲 DKMK，自以为键出"龙吟凤鸣"，结果出现的却是"龙跃凤鸣"。显然，后四个字不是窦志先和出版社想要的。其实，这前后八字，也都不是我认为最好的，或者说最切题旨的。

　　老窦赠送我的这本《龙吟凤鸣》作品集，他说属于纪实类文选，除序和跋外，共选入二十七篇作品，有二十四篇是写空军人的。第一篇就是《这是一条女人的星系》，五代女飞行员群体亮相，集体发声，那不是"惊人一鸣"，而是"凤啸九天"。分明让我最先听到了凤的呼啸之声，这岂不是"凤舞在前"！看到最后才听到"龙吟"的声音，唉，不准确，应是"龙飞"的神形。"此人不是一只虎，就是一条龙，龙是会飞起来的。"这是本书最后一行字。

　　凤在前，龙在后。老窦，《龙吟凤鸣》再版时，可否改名为"凤啸龙飞"？不，应是"凤舞龙飞"，或者说"凤，舞龙飞"——凤者，舞动着"龙在飞"。其实，人类闪光的历史，社会文明的故事，至少有一半是由凤们主动创造着，由此客观记录和真实书写，才是男女平等意识的真正体现。从《龙吟凤鸣》所选的文章看来，凤凰齐飞不只是天国的神话，琴瑟和鸣也正是人间的真情。

《龙吟凤鸣》，作家出版社 2015 年 10 月第 1 版，老窦 11 月送我，当时就浏览了一看标题就感兴趣的多篇。2019 年底又拿出来，既是温故知新，也算开卷有益，有的粗览，有的细看，有的品读。因工作繁杂，拿不出整块时间，断断续续翻阅，总算看完。"书的封面像人的脸，而标题像人的眼。"阅后，我强烈的印象是，其中大多数标题，让我感到他花费了心思，用足了功夫。这些题眼、诗眼、文眼，犹如老窦本人那一双"明的目、大的眼"，好看，耐看。那就先来"看两眼"：

《夜之鹰》。空军人一般都知道，战鹰，指飞机；雏鹰，比喻飞行学员，或者年轻飞行员。张群治，一个新受命改装的夜间截击团团长，时年三十四岁。夜间，海上低空飞行；海面上风急浪高，战鹰消失在茫茫夜空；战鹰划破黑夜的沉寂……1993 年全军先进典型，媒体竞相报道，"夜空铸铁拳""夜空领头雁""夜空探路人"等标题，都不如"夜之鹰"点题，"夜战的猎鹰"切题、得劲！寸铁之功，要害在短。

《天有一双手》。他读了六年医科大学，又去拜乡下一个老太婆为师，就用两只手摸摸捏捏治病。周总理夸赞他"妙手回春"，专门问他叫什么名字。他双手托起友谊之桥为非洲一位总统治病，毛主席批示："看来年轻人大有希望，但不要骄傲。"大多数人吃饭靠手艺，他吃饭就靠"一双手"。他用手旋转人的椎体，并且旋起一代医风，他是空军总医院的军医、神医、正骨医，后晋升为副院长，名叫冯天有。这篇报告文学标题就叫"天有一双手"。你敢多一字，又敢少一字？神都不答应！神题配神医，神配。

老窦写人物的体裁花样多，无论特写速写，还是长篇访谈，无论报告文学，还是独幕话剧，他都能随心所欲，信手拈来，让他的主人公一个个精彩地呈现在读者的眼前。

老窦赞美先进群体。《这是一条女人的星系》，以少女、妻子、母亲、祖母四种身份又恰是一个女人的成长经历布局谋篇，歌唱空军五代女飞行员的各色美梦以及为梦奋斗的人生乐章，读者反映"是迄今报道女飞行员生活最有特色的一篇文章""感情真挚，文笔流畅，结构巧妙"，当年被解放军文艺出版社"当代军人风貌"报告文学丛书空军卷《蓝天大写意》选入。《树起一座丰碑》（载《十月》1990年4期）作为本书压轴之作，详细报告了第十一届亚运会重点工程建设者的英雄事迹，赞颂了他们"用智慧和汗水，为中华民族建起了一座又一座丰碑"！

老窦描摹和美家庭，告诉读者，幸福家庭、恩爱夫妻，虽有相同的幸福，却有不同的爱的方式。《一本合写的书》，书写着刘亚洲和李小林时刻"合写一本书"的真挚情意、诤友人生。刘亚洲出版长篇历史小说《陈胜》，李小林的"祝愿"是"出版一本书和出版一本好书是有极大区别的"；刘亚洲出版描写台湾社会生活的长篇小说《大山母山别墅》，李小林希望他"不要过高地估计自己，清醒"；刘亚洲已跻身全国著名作家之列，李小林有着显赫的家世，但他们无论走在人群中，还是在任何人面前，都"朴实无华，从不张扬"；李小林做事做人"踏踏实实、默默无闻"，从来要求自己"哪怕与别人一起照相也不表现得与众不同"，刘亚洲除了他那硕大的脑袋和锐利的目光外，"谁会相信他就是在文学舞台上导演了一出又一出战争活剧的著名青年作家呢"？"特级飞行员和留洋女博士"，一个是天之骄子，飞龄二十多年的"飞行博士"；一个是"白衣天使"，从西德学成归来的医学博士，在三十三年前的中国，可以说是相互支持、你追我赶的别样典型。《爱的心曲》，以舞台话剧的形式，宣扬了一名优秀机务工作者奔波在机场与家庭之间，一手维护着升空作战的战机，一手呵护着患有不治之症的妻子，始终为爱守候，并坚定地表示：妻子不丢，事业不丢，两副重担一肩挑！这样的夫妻之爱、家庭故事，翻开此书，比比皆是。

老窦报道优秀个人，专写元帅（刘伯承"元帅的教诲"）、将军（成钧中将"绿荫深处话狼烟"）、志愿兵（唐林根"他在监视着大地"），擅写作家（"黄土高原的儿子"乔良、"阎大腕"阎肃、"难忘小路"上的张士燮）、诗人（"飞翔的云雀"李松涛）、艺术家（作曲家羊鸣"追求没有休止符"、歌唱家铁金"真金在哪都闪光"、舞蹈家杨华"穿着魔鞋起舞的人"、画家王金旭"刀下乾坤"），特写神医（冯天有）、能人（马金田）、冬泳迷（王世阁）。

"衮衮千万载，人与事交织。"人事，人与事，做一个有用的人，必然谋求事情做成，直至事业成功，哪有做人不做事，只顾无事生非的？哪有写人不写事，只是无病呻吟的？老窦上面所写的那些人，那些军人，有的当年就远近闻名，他们的事，我都耳熟能详，三十年后更是名震遐迩，他们的本事，已家喻户晓了。比如"阎大腕"阎肃，在二十一世纪被树为"时代楷模"，他的"风花雪月（铁马秋风、战地黄花、楼船夜雪、边关冷月）"成为军旅文艺工作者间的佳话，受到业内人士的"特别赞同"。作家乔良依然创作，但他跨界复合，复合综合成为将军和教授，并且是货真价实研究战略的将军、讲授战略的教授，除《超限战》一书让他声名显赫，问世后一版再版外，他研究战争与战略的新书《帝国之弧》《割裂世纪的战争》也照样广受好评。可见，老窦的一双大眼也是慧眼。

老窦阅人无数。他为无数人中的强人、能人、神人书写他们的个人阶段史、专题史、奋斗史，钩章棘句，树碑立传。他听龙吟虎啸、凤鸣朝阳，他看龙腾虎跃、凤凰来仪，他描龙眉凤目、龙章凤姿。不管是倾听，抑或注视，哪怕是淡描，全都凝聚着、蕴藏着、倾注着、体现着他对其笔下主人公的真情深情和佩服敬服。

老窦把笔尖聚焦军队，把笔触伸向社会。除了上面介绍过的《树起一座丰碑》外，还有《酒徒·酒图》《激情大乙烯》等篇章，很好地反映了一个军旅作家当年对社会生活的关注程度和其笔力的深耕力度。

"假如你吃了个鸡蛋，觉得不错，何必要认识那下蛋的母鸡呢?"据说这是钱锺书先生在电话中婉拒美国女记者的采访愿望时说的。《龙吟凤鸣》这枚蛋，感觉味道不错，加之我对这下蛋的母鸡不仅认识，而且交情也不错，所以就不请自来，主动说说我与他之间的交往，能从一个侧面丰富你对老窦的想象。

老窦十六岁以小充大参军入伍。他参军那年我刚出生，也就是说他比我大十六岁。他若不染发，估计还能看得出他比我要大十六岁。关键是，只要一见面，他就必染发。原本叔叔辈（大过十五岁，就可称叔叔），也只能称兄道弟。同志，是志同道合，不能称兄道弟。下次见面，就叫他老窦同志吧。

老窦善饮。二十年前，"津巴布韦"（谐音：斤把不畏）。而今差点，但底子还在。当年桌上看到酒，毫不客气，连炸几个罍子，常有的事；现在酒过三巡，还在客套客套。劝一劝，也就三杯过后尽开颜，雄风亦不逊当年。他与我是安徽同乡，在喝酒上，我真不够格。人家都说安徽省其实是"三个省"，分别叫皖东、皖北、皖南。他是定远人，属皖东，据说他们那里麻雀喝四两还能飞，你说他酒根有多深。我是安庆人，属皖西南，喝三两葡萄酒还能走，估计喝三两白酒会踉跄。他借《酒徒·酒图》一文，"酒后吐真言"："假若兴起一场反酗酒运动，无疑对端正党风、打击贪腐、净化社会风气、减少因酒精中毒而引起的各种疾病的威胁，都将起到有益的作用，而酒民们能否积极响应投身其中呢？""不，我宁愿喝酒！"他说这个回答是酒民答的，我看也是他回的。那只是一个假设性问题，政府不会这样做的。他是酒壮英雄胆，"酒后吐真言"，我只敢反其道为之，写过一篇"醒后吐真言"。总之，人与人不同，酒量有大小，酒品有高下，品酒亦是品人。

老窦会笑。真笑，微笑，假笑，爽朗地笑，撇着嘴笑，哼哼瞪两眼笑，偶尔还会皮笑肉不笑，但不会笑里藏刀。

老窦大度，刀在他笑里根本藏不住。他不记仇，没有城府，或者说不屑于有城府；他不计较，看不起婆婆妈妈的小气事，或者说粗心于旮旯事。一个老爷们儿，年轻也是老爷们儿，哪有说不清道不明的事，干吗非要玩阴的。这一点上，我倒有同感，慈悲为怀，我心光明，亦复何求！

老窦风趣。风趣来自于幽默，幽默来自于智慧。酒桌上他幽默的段子一套一套，使得本来也是段子高手的酒友，成了听他幽默的铁粉，你说他到底有多厉害。他乐观豁达，心地善良。否则，年过半百成为"老人"后，他遇到的那些糟心事，就够他喝一壶的，那可比不了喝酒过瘾。与其江湖夜雨十年灯，不如桃李春风一杯酒。他都过来了，依然笑对人生，把常八九的不如意事，酿成跟二三人饮的知心酒，一天更比一天有，日子也一天更比一天好。

老窦是我的师长。他是编辑处长、《中国空军》杂志主编，我是通讯员；他是报社副社长，我是编辑；他是领导，我是部属。他说一，我不敢说二，工作上"必须的"，生活上不一定，有偷懒不那么听话的时候。他在位时，肯定当面叫他窦副社长，但背后也有叫他老窦的时候。那时叫他老窦，恰恰是因为对他最尊重、最放心、最信任。群众对领导的信任，就是让领导放心。他退休后，有一段时间还叫他窦副社长，渐渐叫他老窦了。再者说，以他在空军报的三十年为人三十年为文，已经打造出非他莫属的品牌——"老窦"。叫一声老窦，既是亲又是敬。

我只知道鸡蛋味道不错，母鸡也很尽职尽责，至于下蛋的详细过程，我其实真不知道。现在好像又有点影子了。

老窦，我也不能全说你好，尽管当面说你不好的时候有，背后说你好的时候还是多，但对《龙吟凤鸣》这本书来说，我还再说几句客观的话。若是我的误会，就请谅解；若是好的建议，就听进去。我真的搞不懂，是你记不清，还是出版社故意为之，不在文章后面附上创作或发表的日期，非要让读者蒙背景和年代。我还算知道一点空军的历史，现在连我这个快四十年军龄的老兵都要猜，何况其他人呢？我猜出版社故意删去的可能性较大，害怕二三十年前创作的东西不好热销。其实，年代不同，军魂不变。年份酒愈存愈值好价钱，好作品越卖越成长销书。故事不怕久远的传诵，精品经得起时间的淘洗。好饭不愁晚，好书常耐看。《龙吟凤鸣》再版时，除了改名为《凤舞龙飞》外，请加上作品发表的日期。同意吗，老窦？

（载《空军报》2020 年 2 月 3 日）

# 他已是自己的向导

## 记青年作家窦志先

李松涛

对于一个男人，一般说来最了解他的莫过于两位女性：先是母亲，后是妻子。但志先说这个世界上最了解他的人唯有我。他把自己毫无保留地交给了朋友，我便成了他的一部活档案，成了他诸多精神与经历密码的破译者。于是，也就有了这篇难以言尽或称难以尽言的充序的短文。

　　志先第一次进县城，尚不足十岁，带领他的那个汉子是周围出了名的"神行太保"，在那条绝无康庄可言的丘陵路上健步如飞，而志先一程不落地紧随其后。汉子不时侧目惊奇一个孩子居然走得如此之快。就这样，他浏览了村落和田野以外的环境，那有限的繁华大大地激发了他朦朦胧胧的雄心。

　　他出生在皖东一个地道的农家，与共和国同龄。饥寒困苦拼成了他童年的背景。多灾多难且多病，说得清与说不清的疾患轮番瞄上了他，趴在母亲的背上四处求医，躺在木板床上接连服药，折磨得神衰气短，死去活来。他因之有了生存寄望于天的乳名——保仙，意祷神灵的佑护。穷人家的孩子毕竟命大，历经劫难，终于死里逃生地熬了过来。几乎在认识课本和书桌之前，他稚嫩的肩头就已开始分担家庭的重负，放猪放牛、拾柴摘果、春种秋收，五十年代末六十年代初那场来势凶猛的大饥荒兜头袭击了神州，吃糠咽菜，发展到食草根树皮。他的祖母、父亲、两个弟弟、一个妹妹相继被死神的血盆大口吞噬。七口之家，转瞬只剩下了他与母亲。他去串门，姥姥搂着他睡，从噩梦中一觉醒来，发现慈爱的姥姥已在被窝里成了一具僵尸。少年的他，把自己的眼泪与汗水同妈妈的眼泪与汗水汇流在一起，无止无休地模糊了漫长的日日夜夜。至此，他初晓了生活的严酷，也就逐渐地显露出性格的雏形，学会了咬牙，学会了奋斗，学会了征服。下河喝了几口汤，水不曾淹没他，却练熟了游泳；摘枣从高枝上跌落，摔得晕头转向，揉揉屁股还上……他的那双大眼睛日益有神了，开始强烈地向往村外土路连接的远方。

几年后，他隐瞒岁数，以小充大当了兵，次第闯进了一个个令他耳目一新的世界。从南京到北京，战士、放映员、电影组长、宣传干事、编辑、副处长、处长，一路走了下去，一路冲了上来。平日肩头扛着的上校军衔，出差时只有副师级以上的干部才能享有的一张软席卧票，标明他是同辈人中的佼佼者。作为一项业余活动，他发表与出版作品的数量，乃至获奖的频率，远胜许多专业作家。他的《爱神在忧思》荣获首届"中国潮"报告文学征文二等奖，加上同年又一篇报告文学奖，一枚军功章对他八小时之外的劳作予以辉煌的肯定。

写文章获奖对于志先来说不是件陌生的事情。尚在小学六年级，一篇作文《我的母亲》写得一往情深，拿了个全区作文比赛第一名。我想，这文学历程中最初的轰动，大概会予他一个直接性也是永久性的启迪：文乃有情之物，为文的成功之道在于用心。综观他的一系列作品，无论是《情网》，还是《死胎》，读者都会不约而同地发现被他潜心排列过的字里行间充溢着软体的人性。即使是某些硬度很高的题材，一经他手，也被滤得声情并茂，比如《无字的墓碑》，惊心动魄，却又缠绵悱恻。甚至仅从他许多作品的题目上就可隐隐窥见感情的浓度，《眼泪，落在蜜月的照片上……》《人心隔肚皮》《远亲不如近邻》《灵魂师的灵魂》《蜗牛壳·窗花儿》《红房子》等等，都让你相信这些作品与干巴巴冷冰冰无缘。倘若一定要把作家分成思想型和感情型的两类，我认为志先更多地属于后者。

他重情，作品里如此，生活中亦然。父母的养育之恩、师长的教诲之情是铭心刻骨的，远行到天涯海角、出息到九霄云外也不敢忘却。他曾忙里偷闲，风尘仆仆地返回故乡探亲，第一站便是给过他知识营养的母校，恰逢老师外出，他在操场上静待了三个多小时，一瞭见那候着的影子，立即迎上前去，立正，恭恭敬敬地唤了声"老师"。鬓发斑白的园丁面对昔日的学生大为感动。

志先虽不脆弱，却爱动感情，常常在银幕屏幕前泪雨滂沱，甚至听模范人物事迹的报告也热泪盈眶。看罢朝鲜电影《卖花姑娘》，泪水打湿了一片衣襟不算，两条预先备下的手帕都可以拧得出淋漓之水。

他能吃辣椒，能吃肥肉。颇具伸缩力的胃口奇好，他自称肚子里有台搅拌机，吃什么都消化。他健谈，聊到半夜，兴之所至，聊个通宵毫无倦意，次日依旧精神饱满。他不吸烟，且格外怕烟，如同耗子惧怕猫，每逢烟民肆虐，他呛得流泪，呛得作呕，或开门开窗，或索性躲将出去。但他喝酒，足以称为酷爱，宛若猫喜爱耗子，逢客盛宴开怀畅饮，独自一人每晚也要喝上两杯。别人都晓得他能喝，而我有幸见过他醉倒的狼狈相，一双臭袜子塞进嘴里，全然不知。说"有幸"实是这种机会不多。醉过还喝，去喝人或请人喝。他对茶有持久的兴趣。他一向不大吃糖，但最近时不时津津有味地嚼上一块口香糖，不知何故。

他写得一手流畅的好字。儿时还曾仿效地摊艺人勾

112

画鸟兽鱼虫，竟卖过几个小钱买盐，为寡淡的日子添些许滋味。他的嗓子富有乐感，能把八个现代京剧样板戏的主要唱段一气儿悉数唱遍，可惜不会跳舞。我俩每次相见，总不免要问："跳舞学会了没有？"答："没有！"我因了自己便明白了他，不是没学会，而是干脆没学，任什么都难不住的他，只要肯下舞池，岂有不会之理。

志先的魅力是含蓄的。他周身随时可以抖擞出一股什么劲儿，我想，孩提时该叫它"聪明"（比"机灵"的层次要高），成年后该叫它"精明"（较"老练"的分量要重），反正只要你在某些非庄严的场所见到他那笑眯眯或叫笑嘻嘻的神态，你就会顿然明白：这是个任谁都骗不了唬不住的家伙。他是人，自然有人必有的七情六欲。我见过他喜形于色，也见过他阴云满面，见过他动气，见过他发怒，见过他骂人。他内在的性格棱角分明，深藏的自尊不容任何人小觑，所以，我说他名字中那"志"是不甘人下之志，那"先"是不甘人后之先。军人规范化的庄重他不缺乏，文人浪漫味的洒脱他也具备。这很难统一，他确确兼而有之。他的目光没被弥漫的物气遮蔽，他的心灵没被混浊的世风污染，同样，他也没有因一模一样的装束而被一模一样地同化。只要你稍事留心，就不难把他从杂色人堆里挑出来。是的，在人们的嘴里和心里，志先不失为一个血肉丰满、特点鲜

113

明的人。

金无足赤，你近距离地瞅瞅，某些闪闪发光的名字一旦还原成吃喝拉撒的肉体，有多么令人失望。而与志先相处至一定境界，你会透彻地理解"交心"二字的含义及"知己"一词的内容。我一直持有这么个看法：他的人品比他的作品还有味道。现实生活中，他那样的作品或许不少，他那样的人品肯定不多。我们是中国作家协会文学讲习所第六期的同学，白日同堂听课，晚上同居一室。有位同学自福州捎我一台收录机，志先受托代我去取，他于凌晨摸黑起床，自行车顶着隆冬的风寒从西城直奔东城，买票、进站、月台上找人，因为彼此不熟，特务接头般盘桓半晌方才拿到。这台绝对算不得珍贵的收录机未得到我手边，就已先期为我录下了一段珍贵的友情。毕业后，在关里关外，在海边江边，我们频频聚首，朝夕相伴，每次都要比肩度过一段惬意的时光。今年阳春三月，又结伴跨江同到朝鲜腹地，于秀丽的妙香山下领略了令人感触多端的异国风情。

在鸭绿江畔一座伪满洲国皇帝康德未曾投入使用的行宫门前的苍柏下，志先对我说起他故乡屋后的一棵柿子树，高大繁茂，年年都要结下数百斤香甜的喜悦。不幸一年春月大雪，天气奇寒，这棵柿子树久不返青，父亲误以为业已冻死，遂叹着气伐掉了，岂料没几日，那树桩和躺倒的树干，一律抽出了鲜嫩的枝芽。他至今记得父亲蹲在树前悔恨交加的样子。三十年后，志先又犯了个同样属于性急的错误：他饲养的一盆蟹爪莲花儿开得赏心悦目，一日浇水，不慎从窗台上碰落——盆碎花折，他懊恼至极，赌气扔掉了。如果当时捡回，那花根完全能够再繁衍成一盆新的娇艳。他说直到现在一想起来还惋惜，还难过。他说他为此生自己的气。这是一桩教训，对能结出甜果的，对能开出鲜花的，是不可随意折断或遗弃的。他懂得了这一条，也就懂得了人生。所以，他对友谊珍视到断断不敢轻抛的地步，他晓得友谊带给他的是什么。

一次宝贝儿子笑颜淘气惹恼了他，他火冒三丈地以武力施教，不想一脚踢在了桌腿上，顿时痛得龇牙咧嘴。惶恐欲哭的儿子见状破涕为笑，说了句："爸爸，你的功夫还没练到家呀！"他拐着腿开心地向人转述儿子对他的评论。撇开这一笑谈，谁都会觉得志先的功夫可以了——赫赫成果令人瞩目。我说他堤内堤外都是收获。他承认，岁月没有亏待他。他需要爱情，便拥有了绵绵不绝的爱情；他需要友情，便拥有了滔滔而来的友情；他需要亲情，便拥有了源自长辈和后代的亲情。他对得起生活，生活也对得起他。他的出身早早就提醒过他：除了自己，你别无依靠。应该说，客观世界对他还是比较公道的，这既取决于他诚实的劳动，也取决于他不错的机缘。这种劳动和机缘相加，便等于了一个农家子弟后天的命运。

一如我不会因偏爱把他说成完人，我也不认为他已经面世的作品是登峰造极的佳什。他刚届不惑，来日方长，他有从容的时间和足够的机会塑造自己在读者眼中的形象。他没有愧对以往，以往也没有愧对他；他不会辜负未来，未来也不会辜负了他。自然，在今后迢遥的途程上，不可能再有任何汉子为他引路了，但他肯定还会迅疾而行，他那横穿四十载光阴的双脚已经识途了。平坦也罢，崎岖也罢，他都会漂漂亮亮地走下去，并越走越快。

他已是自己的向导！

（载《文艺报》1990 年 7 月 21日、《青年文学家》1991 年 1 月。《蓝鸟》序，解放军文艺出版社 1991 年 2月出版）

116

# 旋涡上，飘过呼哨

## 窦志先印象

简　宁

# 作者简介

　　简宁，男，1963 年 9 月 5 日出生，安徽潜山人，中共党员。毕业于中国科技大学工程热物理系。鲁迅文学院研究生班学员。空军政治部文艺创作室专业作家，专业技术五级（按副军职待遇）。

　　出版诗集《倾听阳光》《天真》《简宁的诗》《我的紫禁城》；译著《女巫》；长篇传记文学《摇撼光之树》；电影剧本《中国月亮》《赵氏孤儿》；电视剧《神捕十三娘》《红衣坊》；电视政论片《国家天空》等。获多项诗歌大奖。

第一次见到窦志先，与我在小说中获得的那种紧张、严峻的印象相反，我们在空军报社的一间办公室里非常轻松地谈笑着。诗人李松涛曾向我介绍过："这是一个俊雅、飘逸的人物。"在空军报社那种严肃的气氛里，窦志先侃侃而谈，还幽默地向我叙说他六岁的小少爷窦笑颜在幼儿园的"风流韵事"，豪放中洋溢着柔情，我当时蓦地想起鲁迅的诗句："怜子如何不丈夫？"

　　后来我又陆续读到他颇有影响的一些作品，《小说选刊》介绍过、发表在《火花》1987 年 10 月号的中篇小说《死胎》，获奖中篇《无字的墓碑》，关于家庭生活题材的《蜗牛壳·窗花儿》《眼泪，落在蜜月的照片上……》《爱的天平》，女飞行员生活的《红房子》《这是一条女人的星系》，社会题材的《后来者居上》《远亲不如近邻》《灵魂师的灵魂》《人心隔肚皮》等。这些作品分别由《文艺报》《新闻出版报》《文论报》《滇池》《工人日报》《博览群书》《青年文学家》《小说林》等报刊载文评论。我每每为他题材的广泛、风格的奇异惊叹不已，很奇怪他的笔触为什么同时伸向了那么多的生活领域，但是几乎在他的每一篇作品里我都能发现一个特色——一种紧张，一种痉挛，对生命本体的思索，人的灵魂的挣扎，仿佛一个深深的旋涡，你一靠近，那里面都涌出一股冷飕飕、呜呜叫的旋风，把你吸住，直至引向旋涡的深处。

他从旷野的羊肠小道上走来，从蜿蜒曲折的田埂上走来，在朝阳的霞晖里，一个少年，赤着脚，挽着裤管，背着书包走向学校。这个十来岁的小学生的书包装着课本、线装直行古本小说、蟋蟀。这是个老师喜欢的好学生，在他上学的安徽定远的官桥村上，他是个小有名气的秀才，全区会考（现在叫统考了）的"文科状元"。这又是让人操心的坏孩子，总喜欢挤到黑压压的人群中蹲下听大鼓书，那些忠臣武将、侠客们叱咤风云仗剑走天涯的生活深深迷住了他幼小的心灵，有几次在"入境"中被人揪住头发，扭头一看：是老师！从云遮雾罩的唐朝一下掉到现实之中，他缩着肩膀，装出一副"熊"样子，可仍然免不了常常被留下来，"队前照相"，打扫教室。是啊，他那时还不懂得，上学的机会对他来说，是太宝贵了。几乎每个中国农村孩子都喊出过高玉宝那声撕人心肺的呼声："我要读书！"他也不例外。他永远忘不了，在他上学的第一天，他光着脚丫坐在地上，跟父母哭闹着要念书，两只脚在地上来回搓动，最后鲜血渗出来，染红了小腿，才感动了"观音菩萨"——母亲。他怎么能不珍惜这个机会呢！他也忘不了母亲，这个操劳了一辈子贫苦了一辈子的劳动妇女，在纳凉的夏夜星空下，一边缓缓地打着蒲扇，一边为他讲述各种神奇的民间传说，是他的文学启蒙老师，所以他的作文《我的母亲》才写得那么出色，被当作全校学生的范文。

巴乌斯托夫斯基说过："童年留给我们最伟大的馈赠之一，就是对于周围事物的一种诗意的感觉。"如果说一个作家童年的经历，几乎形成了他体验生活的一种方式，那么，对窦志先来说，这种经历留下的痕迹，是过于尖锐和严峻了。他跟我描绘过一个细节：在六十年代初大饥荒的年代里，饥饿的瘟疫在他的故乡安徽农村尤其猖狂。榆树皮、榆树叶都被吃光了，有人把牛骨头烧成灰，用刀子一层层刮下来冲水喝，有时竟直接喝盐水充饥。有一次他饿不过跑到外婆家串门，夜里跟外婆睡在一起，第二天早晨醒来，外婆的身体已冰凉僵直，早已咽气了。这件事给他心灵的冲击太大了，时至今日他对死人还有一种难言的感觉。当我追溯他今日的作品里那种在生存困境里挣扎的人物，我恍然明白一个乡村少年在严酷的自然环境里完成的人生体验。在他来到

《空军报》以后，他结识了《延安的种子》的作者林正义（笔名华彤），后者由于"九一三"事件的牵连（历史的误会），做了"双开"（开除军籍、开除党籍）处理，后来到北影厂改剧本时（再后来理所当然被平了反），窦志先去看望过一次。仅仅由于这件事，他被戴上了"路线斗争觉悟不高"的帽子，没完没了地检查，在空军文化部内部出版的宣传唐山抗震救灾的一个小册子里，他的文章被不明不白地撤掉了，与人合作的文章也抹掉了他的署名。他困惑、气愤又沮丧（历史对人的误会太多了）。当时报社的副社长、老作家金为华常跟他谈心，父辈般地教导他，他感到了温暖。说到这件事时，窦志先意味深长地跟我讲了一个故事。还是1951年土改时期，他们家分到地主家的三间茅屋，当母亲背着他来到新屋时，先到的父亲在那里放起了鞭炮，两三岁的窦志先跨进门槛，看到原来的屋主——一个蓬头垢面但模样俊俏的中年女人靠在还没有清扫炉灰的香案板前叹气。他当时并不理解她的眼神里那种哀怨、绝望的神情。毕竟在两三岁的孩子眼里，世界是陌生的，他还没有"阶级分析"的观点，但那是他第一次看到人世间的一幕，人在不同境遇下的不同精神状态，他忘不了。

也许由于他青少年的经历，也许由于他自1965年参军以来二十几年的戎马生涯里，目睹与体验的当代中国社会里形形色色的人事变迁，他笔下的人物总是那些处于两难境况下犹豫不定苦苦徘徊挣扎的灵魂。《无字的墓碑》里的郑大刀，在接受勋章的同时也接受了因误杀俘虏而犯罪的审判，既有着对生命的珍惜和热烈渴求，以及对由此衍生的扭曲的变态的爱情的依恋，又有着对自己行为的清醒的自我反省自我审判，经历了一场中国式的"罪与罚"的拷问。在《死胎》中，老郎中在儿媳临产之际作为公公不能见儿媳的身体的伦理观念和作为医生救死扶伤的职业道德发生激烈冲突。在《蜗牛壳·窗花儿》中，"伪君子"童一文置身于对"蜗牛壳"式家庭生活的怨愤、对"窗花儿"爱情幸福的渴望，与对妻子温情的依恋、对社会伦理的恐惧的矛盾之中。几乎他作品中所有人物都被"抛弃"到这种"大荒谬"的旋涡之中，即便是次要人物也在一种乖谬的背景下遭受两种截然相反的力量的撕扯。而他严格的现实主义手法（或者说一种精神）又不允许他对这种境况做一点暧昧、模糊的逃避处理。悲剧诞生了，不，依照窦志先的说法是：悲剧存在着。

黑云压城城不摧。有趣的是在窦志先的作品中，虽然始终存在着冲突和紧张，但并不压抑到黑暗里。《无字的墓碑》中郑大刀主动地奔赴法场，完成了自己存在主义英雄式的选择。在很有些魔幻色彩的《死胎》中，处于封建势力的包围窒息之中的"一个幽灵",依然在"黑幕"的村头游荡。如果从创作心理上追溯,我想跟作家豪爽、豁达的气质是否有关。窦志先跟我描绘过,他最热爱的景色是早晨的太阳,据说他出生的时刻就是在太阳升到一竹竿高的样子,他总喜欢怀着一种奇异的崇敬心情注视那一刻世界的明亮。而且跟一切豪爽的汉子一样,他也嗜酒如命。一小碟花生米,两根黄瓜,可以灌下半斤白色液体。有一次和一个朋友聊天,拿一瓶白酒,就着一包傻子瓜子,聊一夜,喝一夜,最后瓶底和天色都亮了,穿上衣服去上班。他写作也是这样,除了1981年在中国作家协会文学讲习所有一年的学习时间外,全部利用夜里家人休息以后或节假日写作,几年来共写了近百万字的作品,许多作品受到广大读者的好评。

回顾他的文学创作道路,我问过他几个问题,回答是饶有趣味的:

问:你什么时候开始创作?第一篇作品是什么?

答:那是我十七八岁的时候,我在部队当放映员,从看电影、放电影,想到写电影,偷偷把《欧阳海之歌》上集改编完了,结果被领导发现,对成名成家的思想"斗私批修",我气得一烧了事。其实那剧本按质量来说也只能点炉子,但绝对不够"斗私批修"的水平。

问:你的文学启蒙读物是什么?

124

答：是著名作家冯德英的《苦菜花》，我当时很崇拜。另外他的序言里说到《洋铁桶的故事》启发他当作家，对我也很有激励。没想到后来我到《空军报》，还真的与冯德英结成好友，常常在他的居住地一聊到深夜。

问：最后我想问一个与文学无关的问题，世界上你最喜欢的是什么？

答：儿子和酒。

我不禁哈哈大笑。想到他的作品，想到他的酒。一个深深的旋涡上，一阵歌唱的风。

那是一声悠长、柔和又响亮的呼哨。

（载《作家生活报》1988 年 7 月 15 日）

# 一枝一叶总关情

## 访空军报社主任编辑窦志先

徐 生

# 作者简介

徐生，男，1955年10月10日出生，湖北黄冈人，中共党员。《解放军报》记者部主任，著名军事记者，专业技术四级（按正军职待遇），大校军衔。先后任职于空军运输航空兵某师、军区空军政治部宣传部、军委空军政治部宣传部，后任宣传部宣传处处长。九十年代初调入解放军报社，长期组织和担负党和国家以及军队重大政治、军事活动采访任务，参加一系列军队重大典型报道。

著有纪实作品集《高歌在九天》《独脚飞天人》《飞之魂》《雪莲花颂》《谱写在生命禁区的凯歌》《松嫩壮歌》《中越边境大扫雷》《今日铁军还姓"铁"》等多部。获中国新闻特等奖、一等奖、二等奖多项。2011年9月，被中共中央宣传部等五部委授予"全国优秀新闻工作者"荣誉称号。

我最早是从窦志先的作品里认识他的。那深受广大读者喜爱的《死胎》《爱神在忧思》《红房子》《灵魂师的灵魂》《无字的墓碑》《蜗牛壳·窗花儿》等近百万字的作品，给人们带来了清新明媚的气息，燃烧着火一般的理想和热情。

　　想想吧，一个编辑，有多少日常事务要料理；想想吧，后来成为空军报社处长的他，有多少领导工作等待去做。奇怪的是，几年来，他为什么写出了这么多脍炙人口的佳作呢？是什么东西使他获得成功呢？我们在《空军报》的一间办公室里非常轻松地交谈着。

　　"一个好编辑，也应该成为一个好作者，在编出好稿的同时也能结合本职业务写出好文章。这对开阔思路，提高认识能力，磨炼文字功夫，体会作者感情，促进编辑水平提高有着十分密切的关系。"

　　他是这样说的，也是这样做的。多年来，他工作从不懈怠，业余爬格子寻梦。

根据一位老红军讲的故事，他写了中篇小说《无字的墓碑》，获《小说林》1985 年优秀作品奖。《工人日报》《博览群书》和《小说林》为此发表评论，赞誉作品"有新意，很深刻"，"在表现革命军队英雄形象上，有创新，跃入了一个更为深刻的塑造英雄形象的艺术境地"。

空军总医院冯天有教授在祖国这个古老医学的宝库里涉猎徜徉，对新医正骨这门博大精深的学问潜心钻研，用一双手使不少病人获得了新生。志先写了报告文学《天有一双手》在《青春》杂志上发表后，编辑部和他收到了甘肃、宁夏、内蒙古、黑龙江、四川、安徽等二十多个省、市的数百封读者来信，有的青年向他求教，有的患者向他求医。温州市体委一位工作人员因颈椎致伤半瘫，一度轻生，她在上海某医院的病床上读了《天有一双手》后写信给志先求医，志先及时复信。经冯天有治疗病愈，她获得了对生活新的希望，离京前特地登门向志先道谢。这使志先更加坚信：文学不但可以兴邦，同样也可以救人。

1984 年 3 月，志先到南京采访。一天，他去看望退休职工，空军赫赫有名的八级焊工董健。闲谈中，老人讲了自己人退休思想不能退休的许多感人事例。后来，志先写出了报告文学《生命之光》，在《空军报》和

《工人日报》副刊发表，作品从一个侧面讨论了老同志退下来后应当怎样发挥余热度过自己的晚年，获第二届"空军文学奖"。

自第一代女航空员飞上蓝天，至今已三十多个年头，一代又一代，已有五代女航空员飞上了祖国的蓝天，她们叱咤风云，为空军的建设和国防的强大做出了巨大贡献，军内外大小报刊曾对她们以各种形式进行了宣传。如何不跟在别人后边亦步亦趋，写出自己的特点来？志先先后到有女飞行员的三个部队深入采访，掌握了大量素材，经过认真的筛选，志先认为：五代女航空员们所做的牺牲和奉献应该是自己所写的特点。于是一部反映新中国五代女飞行员群像的报告文学《这是一条女人的星系》问世。不少读者写信赞扬这是"迄今报道女飞行员生活最有特色的一篇作品""感情深挚，文笔流畅，结构巧妙"。这篇作品获《中国妇女报》《萌芽》杂志和首都女新闻工作者协会 1988 年联合举办的"女性与社会"征文奖，之后国内十余家报刊相继转载。

人民共和国成立四十周年，人民空军创建四十周年前夕，由空军蓝天出版社出版发行了他的报告文学集《这是一条女人的星系》。这本集子是志先对人民空军、对绿色的军营、对广袤的蓝天、对生活战斗在基层的官兵火一样的爱恋之情的结晶。他是作家，又是《空军报》的主任编辑。他在《空军报》做新闻编辑长达十六年之久，采访了大量的基层官兵，使他在许多作品中，鲜明地打上了一个记者的烙印，这就是真实而又充满激情的火热的军营生活。他笔下的人物，总是给人以艺术的感染和心灵的启迪。

志先说："我不希望我的作品离人太远，我追求每篇作品离现实生活中的最普通的人近一点……哪怕是一点点，我就满足了。"他正是这样扎实而勤奋地迈着自己的创作步伐前行着。

不错，从志先的小说、散文到报告文学，他的作品都贴近了生活，贴近了人的希冀。

人与人的接近，全靠一个"真"字。这大概就是志先成功的力量，成功的秘密。

"一枝一叶总关情。"

告别志先，我突然在脑海里想起了郑板桥的这句诗。

（载《新闻出版报》1990 年 2 月 7 日）

# 豪情识璞玉，雕琢方成器

## 窦志先赌石的故事

### 杨 柳

# 作者简介

　　杨柳，女，1985年出生，江西南昌人。设计学博士，北京第二外国语学院艺术教研室教师。曾任《中国珠宝首饰》杂志编辑部主任，发表《豪情识璞玉，雕琢方成器》《访珠宝首饰设计大师任进》等文章，在业内引起反响。现从事工艺美术领域的教学和研究。

本职工作编报纸，业余时间搞创作，在双行线上奔走的窦志先我早有耳闻，可是最近听朋友说他还有另一个爱好——赌石，这可真让我深感讶异。

　　赌石这条道上的风险太大，一块不起眼的石头，外面被沙皮包裹，什么也看不清，只有切开后才会露出真容。因此，也就出现了有的一夜暴富，有的倾家荡产，甚至有的跳楼自杀的情形。所谓"一刀穷，一刀富，一刀披麻布"，就成了赌石界的真实写照。

　　在一个阳光灿烂的日子里，我受编辑部的指派，决定采访窦志先赌石的故事。通过电话相约，我们一行三人来到了窦志先的家中。一进门就观赏了他在客厅展柜内摆放的赌石雕琢的各种成品：有飞鸟，有瑞兽，有花木，有山水，有鸣虫，有人物……造型各异，栩栩如生。有红的翡，绿的翠，还有白的如雪，黑的如墨，五彩斑斓，琳琅满目，使我喜形于色。最让我欣赏的是山子"竹林七贤"，行话叫种好、水好、色好，关键还有雕工好。七个人物各具神态，有的下棋，有的饮酒，有的吟诗，形散而神不散；再衬托有起伏的山峦、流淌的瀑布、饮水的小鹿和青翠的竹林，如入仙境一般。一问才知道这件作品正是出自玉雕大师之手，果然非同寻常。说实话，在宝石杂志当记者，翡翠玉器各种珠宝，我见得多了去了，可作为一个业余爱好者半路出家的人，他能把赌石玩到这般模样，的确可喜可贺。

随行的摄像师架好相机，灯光师调好灯光，准备给展柜里的藏品拍照，我的采访只好在边拍边聊中进行——

窦志先早年收藏书画，后来接触瓷杂，最后将翡翠赌石作为了他的挚爱。让我们揭开赌石神秘的外衣，走进窦志先的翡翠收藏故事。

翡翠是玉石之王，一直是珠宝市场上颇受消费者青睐、利润最高的玉石。所谓翡翠赌石，是指外部有一层风化皮壳的原石。风化壳俗称"皮"，古称"璞"，是原生翡翠毛料经地质风化作用形成的产物。由于毛料的这层皮包裹，以致人们无法直接观察翡翠内部结构，因而难以判断翡翠内部质量。俗话说"神仙难断寸玉""赌石面前无专家"就是这个意思。现代高科技可以透视人体查出癌症和细小异物，但目前世界上还没有哪一种仪器能测出翡翠内部是否有绿。赌石向来被称为"勇敢者的游戏"，风险与机遇共存。在缅甸翡翠矿石产区，在中国云南翡翠交易集散地，流传着许多赌石的传说，很多人一夜暴富的故事被口口相传，吸引着更多的人去参与赌石。窦志先打开了话匣，向我娓娓道来。

十年前，窦志先第一次接触翡翠赌石，是在自家附近的古玩交易市场里偶然看见一块璞玉。那时还是赌石门外汉的窦志先，为了能够出师告捷，挑选到一块中意的石头，还特意请了位"懂行"的中间人陪同自己一起挑选赌石。正是因为听从了赌石老板的一番胡侃和中间人的指导性建议，窦志先花重金买下了人生的第一块赌石；其间还不忘请老板和中间人吃了顿大餐，并出手阔绰地支付了中间人相应的学费以示感谢。

后来，窦志先捧着他视为珍宝的顽石，来到北京玉器厂，请专业玉雕师傅为他开料。开料又称开玉，是指将玉料外包裹的粗松的石质物削去。未经雕琢的玉称"玉璞"，疏松的石头包裹着玉，把玉璞外表的石皮削掉，取出里面的玉，这个过程叫开玉。开玉需要由有经验的玉工进行，里面玉含量的多少、在哪个位置，都需要人工判断。

当时国内玩赌石的个人还不是很多，一些赌石买家往往有自己的玉石加工车间，可以进行开料加工等后续工作。因此真正看到开料全过程的工人师傅也不多见。

窦志先后来回忆道，开料的过程中，师傅身边里里外外围了好些人，大家都用期盼的眼神，等待着化腐朽为神奇的时刻到来。就连一些手中忙于活计的师傅，虽然在各自的工作台前干着活，也都竖着耳朵，巴望着开料这边的好消息。

"瞎了！"

开料师傅随口的一句话，让窦志先内心凉了半截。

"你这是多少钱买回来的？

"这么贵？

"亏了，亏了，赌亏了。"

顿时，窦志先身边像炸开了锅，玉器厂的工友们你一言，我一语，让他倍感压力。但此刻的窦志先还得佯装着一副好心态，不住地说"没事，没事"。

他手捧着"瞎了"的石头，悻悻然来到隔壁经理办公室，想再探究竟。经理见他的神态便明白几分，伸手接过石头用水冲了冲，再拿强光电筒反复照射，突然有些惊喜地喊道："不对呀，好像里面有肉，再开开看！"说"有肉"，是玉石界的行话，就是有玉有翠的意思。

机器轰鸣，再开，果然有肉！后来，在窦志先的创意和大师的设计下，被雕琢成一只蹲在荷叶之上栩栩如生的青蛙，一直放在他的案头。更为难能可贵的是，窦志先根据荷塘蛙鸣的美妙意境，赋予了青蛙"守业

（叶）"的全新吉祥寓意，让这款在玉雕匠人眼中"瞎了"的璞玉重获新生。虽然首战告捷，但也同时让窦志先体会到了什么叫惊心动魄。

第一次赌石过了没多久，窦志先又买来一块翡翠原石。他照例找到北京玉器厂，请那里的师傅为他开料。娴熟老到的师傅并不看好这块赌石，依着自己的经验，将原石表皮上包裹着的粗松的石质物一层一层地削去。眼看着自己买来的这块玉料越剥越小，却还不见翡翠的踪迹，窦志先此刻的内心也是忐忑不安。

突然，一抹阳绿从石头缝里露出了踪迹，窦志先不禁眉开眼笑，想着这次赌石该是赌涨了，看来第一次赌石的学费没有白交，也总算能在北京玉器厂的师傅这里挣回点儿上次丢下的颜面。

随着开料师傅手中的工具在玉料上不断地打磨，只听伴着叹息声的一句"翠加岩"，师傅丢开手中的玉料，切断电源，将顽石递给了窦志先。

"翠加岩"，对于当时还是翡翠赌石门外汉的窦志先来说，是个陌生的词。现在想来，开料师傅当时一定是看见这块玉料中翠与岩石相伴而生，珍贵的翡翠难于从岩石中完全剥离，才对这块璞玉失去了信心。

然而，窦志先并未对这块顽石失去信心。他执着地捡起石头，把它捧回家，放在水盆里一泡就是一周。其间，每有空闲时间，他就拿起这人生中的第二块赌石，不断地琢磨、研究。

后来，窦志先越看越觉得这块石头里面有文章。一日，他从水盆中捞起这块石头，就跑向住家附近的古玩市场，请那儿做金银加工的师傅用特殊的工具为他再打磨看看。

"好东西，没问题。您买值了！"

金银加工师傅的一句话，让窦志先沉浸了好几日的疑虑和惆怅顿时烟消云散。他又拿着这块被误以为"翠加岩"的顽石，来到了北京玉器厂。还特意聘请当时就很有名气的玉雕师苏伟为他雕琢成小巧精致的水仙灵芝摆件。

如今，已是玉雕大师的苏伟和窦志先已有近十年的玉雕合作经历，两人也成为由玉结缘无话不谈的好朋友。而之后的窦志先也从这"翠加岩"到翡翠水仙灵芝摆件的诞生过程中，收获颇多。

有了这两次的赌石经历，窦志先十分清楚自己在翡翠毛料鉴定上还有很多未知，还有很长的路要走，但他却收获了一种终身受用的对待古玩艺术品的心态。

"快乐收藏，收藏快乐"，是如今窦志先常常放在嘴边的一句话。而第二次赌石中，内心大起大落的感受，也让他更深刻地体会到保持一种良好的心态，量力而行，胜不骄、败不馁，不莽撞行事，不冲动出手，这在艺术品投资收藏中是难能可贵的，也是至关重要的。

很多人把赌石当成快速发财的手段、一夜暴富的敲门砖，这本身是错误的。赌石其实有着很深的文化内涵，赌石收藏的发展也从某种意义上推动着翡翠文化的发展。在窦志先看来，赌石是娱乐和收藏两者兼有，而投资则应放在其次。

直接接触到原料，一方面可以增长收藏者的鉴定知识，另一方面也可能有机会以较低的价格买到较高价值的原料，再根据自己的喜好，请玉雕师设计、加工，整个过程都投入了自己的感情，也不失为一种翡翠艺术品的个性化收藏。窦志先就是这样在赌石的过程中不断地学习知识，总结经验，执着前行，也赌到过很好的毛料，又请玉雕大师苏伟做出了令他非常满意的作品，如料佳工好的九重春色、连年有余路路通、鹦鹉（英武）、天浴、百财、佛像乐在其中，等等。每当有这样的作品问世，用他自己的话说，"爱不释手，同枕共眠"。

利在险中求，靠的是经验、运气，这也是赌石真正的魅力所在。但是在运气之外，看不见的是赌石者参与赌石过程中敏捷的反应、清醒的大脑、专业的知识和最为重要的心理素质。

也有业内人士认为，赌石不必要投入太多的资金，比如在全国各地逐渐兴起的赌石俱乐部、赌石城、赌石文化节以及各类展览交流活动中，价格在数百元、几千元的赌石也不在少数，如果对翡翠收藏感兴趣，量力而行，"小赌怡情"一把也无伤大雅。但如果要真正享受到赌石的乐趣，那就千万别抱着一本万利，靠撞大运投机获利的想法。

"要用一颗平常心多看、多听、多观察、多学习，在实践中总结提高，不断积累经验，这是做好任何事情的途径，翡翠赌石更是如此。"这是窦志先的体会，也可以和大家共勉。

就在即将结束本文采访时，窦志先向我透露了一个小秘密："我'玩'赌石的真正目的，不是为了'玩'，更不是为了谋利，而是发自内心地喜欢它、爱它；同时也是为写点东西做准备，算是积累素材吧。"

"写什么？小说，还是散文？"我饶有兴趣地问，但他面带微笑，算作回答。

（载《中国珠宝首饰》杂志 2013 年

1 期，2020 年 2 月 26 日修改）

# 从《墓碑》到《星系》的随想

窦志先

# 作者简介

窦志先，安徽定远人，从戎四十载，中共党员。历任空军某部战士、电影组长、宣传干事，空军报社编辑、副处长、处长、总编室主任，《中国空军》杂志主编，空军报社副社长，专业技术四级（按正军职待遇），空军大校。两次荣立三等功。1981年毕业于中国作家协会文学讲习所（鲁迅文学院），1990年加入中国作家协会，1993年加入中国报告文学学会。

出版报告文学集《这是一条女人的星系》《爱神在忧思》《世纪末：爱情危机》《穿着魔鞋起舞的人》《龙吟凤鸣》，中短篇小说集《无字的墓碑》《蓝鸟》，散文集《云上的阳光》。

作品获得国家和军队多种文学奖项，有些作品被院校选为写作辅导读物。

简历收入《中国作家大辞典》《中国当代艺术界名人录》等多部典籍。

## 一、《墓碑》随想

1985 年 12 月，我写的中篇小说《无字的墓碑》在哈尔滨《小说林》文学月刊发表，当年获得优秀作品奖，我自然喜出望外。殊不知，就在我暗自高兴之时，编辑部却遇上了一件麻烦事，而这个麻烦还和《无字的墓碑》获奖有关。

按惯例，杂志全年发表中篇小说约十余部，规定只能选出一部为本年度的优秀作品奖。就在《无字的墓碑》被选定为本年度的唯一一部获奖作品之后，当地一位青年作者怒气冲冲地来到编辑部，质问：刊物一年唯一的一部优秀中篇小说奖，为什么给了外地的作者？其中必有猫腻！

真乃天大的冤枉。编辑冤，是因为并不认识作者；作者冤，是因为并不认识编辑。稿件投寄《小说林》，是因为我常读《小说林》杂志上的作品，喜欢，纯属"自然投稿"。要说我内心深感愧疚的事也有，就是《小说林》在发表《无字的墓碑》之前，之后，至今，我也没有登过《小说林》的大门，更没有时下人们常说的"私人关系"。

一天，我突然接到一个陌生人的电话，自报家门是《小说林》的人，去西安办事，路过北京来看看我。我欣喜若狂，亲自到大门口迎接。那时还不兴到外面饭店请客，中午我下厨房炒了一碟花生米，还有一盘凉拌心里美萝卜、一盘炒鸡蛋（当年我待客的三件宝），开了一瓶泸州老窖。我俩推杯换盏，喝得面红耳赤，也聊得十分开心。酒过三巡，兴致正浓，他便酒后吐起了真言，情不自禁地揭秘自己大闹《小说林》的一幕。我完全不知情，像是被打了一闷棍，傻了，愣半天才回过神来，不觉酒有点上头，又跟他碰了下杯，仰脖喝干，话不成句地问："你，干！那，后来呢？后来，怎么样？"

看得出，他也有点兴奋，张口说话酒气直往我脸上喷："破天荒，两部，终于评上两部。"

因为要赶下午去西安的火车，不能再喝了。送别时，他握着我的双手，反复唠叨："没猫腻，见到你，证明那是我想多了。老兄，以后到哈尔滨，你吼一嗓子，我请客！"

看着他远去的背影，不由有种亲近感从我心底里油然而生：此君坦诚、率性，还带有几分文人的痞气和豪气，有点意思！

《无字的墓碑》获奖后，编辑部电话约我写篇短文，作为获奖感言在杂志上刊用。于是，我便写下了如下的"获奖者话"：

童年时代，我非常喜欢听妈妈讲故事。夏夜，望着星空，依偎在妈妈的怀中，听牛郎织女的故事；冬天，围在火盆旁，听哪吒闹海、狐仙害人的故事。上学后，我听得更多的是瓦岗聚义、梁山好汉、杨家将、岳家军……从那时起，我就崇尚英雄好汉，立志将来也要当一个刀枪不入、呼风唤雨、摇身可变的好汉。读点书、懂点事了，觉得那些想法未免太天真——人就是人，怎么会变成神呢？人，不会变成神！

可是，参军不久，我便遇上了一场造神运动。生活中的英雄成了"走资派"，"样板"中的英雄都是"高大全"……现实变得混沌了，不由得常使我回忆那童年时的梦，怀念童年时崇尚过的英雄好汉。那些好汉都有缺点，鲁莽、贪杯、好色、逞强、意气用事……但我觉得这才更像是五尺血肉之躯、有七情六欲的人，而不是那些不食人间烟火的神。

十年前，有位老红军给我讲了一个悲剧故事。在一次战斗中，有位营长错杀了当地一名群众，打完仗部队已经转移，但领导为了严肃军队纪律，终于派人将这位身经百战的英雄营长押回原地，在被害人的坟前枪毙……他含着泪讲，我流着泪听。

三年后，我在报纸上读到一篇报道，反映一个战士因为对"副统帅"的一些言行提出质疑，结果被处以极刑。而批准判处战士死刑的，正是我所仰慕的一位传奇般的人物。

从古至今，由近溯远，孰是英雄，孰是罪人？权大乎，法大乎？何谓铁的纪律，何谓草菅人命？……这些问题经常使我困惑不解。直至1984年春，我用心思考的问题在认识上逐步深化，便动笔写起《无字的墓碑》。

《无字的墓碑》中的人物，是英雄还是罪人？这应当由读者去评论。我想说的是，这部作品像一个难产的婴儿，经过我十年"怀胎"，今日才得以分娩，而为她迎来新生的正是《小说林》！肯定地说，她是一个有缺点的孩子，但我十分喜爱她，承蒙热心的读者和《小说林》编辑部的厚爱，竟然获奖，这使我深感不安。

今后，我怎样才会不辜负热心的读者和编辑部的期望呢？故此，我更多的不是欣喜，而是苦恼。

## 二、《星系》随想

《中国空军》杂志 1987 年第二期上发表了我写的报告文学《这是一条女人的星系》，接着《女子文学》《萌芽》两家文学期刊相继发表，在读者中引起反响，尤其在空军飞行部队反响更大。《军事记者》的编辑约我写一篇采写体会。说实话，我很不善于总结这方面的体会，我觉得文章一旦变为铅字同读者见了面，作者再多的经验、体会，都将变得无关紧要了。但我还是遵命，将采写《星系》一文的一些想法端出来，就教于热心写作的同行们。

算起来，我入伍来到空军，至今已有二十多个年头了。在这些年里，与工作有关或无关地见到不少女航空员们，时常想着要为她们写点什么文字，但一直未能如愿。

去年初春，偶遇两位作文的朋友，闲聊中谈及女航空员的生活时都有些激动，都鼓动我抓紧写出来。写什么呢？一时也想得不很清楚。

一次，翻阅资料，读到1952年3月8日妇女节，新中国第一代女航空员在北京举行起飞典礼的报道。我当即陷入了沉思，回想从新中国诞生培养的第一代女航空员起，迄今一代又一代，已经有五代女航空员飞上了祖国的蓝天，她们叱咤风云，为空军的建设和国防的强大做出了巨大贡献。这样的人不值得为之讴歌吗？对，要写，写五代女航空员。一股写作的激情不由在我胸中萌动。

第一次的情绪冲动有时是虚的，我有意"按下不表"，冷处理一个时期。可是，随着时间的推移，越发觉得欲罢不能，这时感到可以动手写了。于是，我向领导汇报了想法，并得到支持。

五代人，每一代人都有许多感人的事迹可以写。我先后到三个部队采访，掌握了大量素材。可如何落笔，拿不准。

去年10月，空军文化部在北戴河举办《当代军人风貌》报告文学丛书笔会，我有幸参加了。起初，我根据素材，梳梳辫子，觉得都很动人，舍掉哪个部分也不忍

150

心，便分出"志气篇""磨炼篇""奋斗篇""爱情篇""荣誉篇"等，拉出一个初稿，约三万余字。经几位同志看后，都说尽管许多材料颇为感人，但整体看来不成形，显得散，最主要的问题还是主题思想不清晰，似乎每一篇都是一个主题，但哪一个方面也没有写深写透，通篇是材料的堆砌。

经过反复思索，觉得可以从很多侧面反映女航空员的精神风貌，不过，就我搜集到的材料看，最有特点的还是女航空员们在正确处理生活和事业的关系中所表现出来的牺牲和奉献精神。虽然，过去报刊上宣传军人的牺牲已屡见不鲜，可女航空员们所做的牺牲和奉献还是独具特色的。就这样，找到了文章的"眼"，写起来也就不再"信马由缰"了。

自第一代女航空员飞上蓝天，至今已三十多个年头，军内外大小报刊对她们各种形式的宣传不胜枚举。如何不跟在别人的后边亦步亦趋，写出"这一个"来？这是我深为苦恼的。

当然，这五代人有很多不同之处，年龄不同，经历不同，学识不同，素质不同，甚至脾气秉性也不同，各有色彩，这是写作的有利因素。但她们也有很多相似之处，从航校到部队，从地面到空中，从军营到家庭，甚至包括喜怒哀乐。我采访第一代女航空员谈到的某些方面的材料，在采访第二代、第三代直至第五代时，也都谈到了，如在航校学习、到部队执行任务、家庭生活的艰难……似乎没有多大变化，这又是写作的不利因素。

怎么办？面对一大堆材料，反复思考，渐渐使我增强了信心，只要选准角度，构思精当，是可以跳出圈外，写出属于"这一个"的不同文章来的。

在不失其真、不违其实的前提下，我有意将五代人的时空打乱，沿着一个人成长的足迹选裁、组合材料。文章分为四篇：少女篇、妻子篇、母亲篇、祖母篇。乍看像是写一个人的成长，实为记录了一群人。

少女篇，用了学习、生理、家庭三个方面的材料；妻子篇，用了恋爱、分居、怀孕方面的材料；母亲篇，用了母亲难以育儿，孩儿不认母亲的材料；祖母篇，用了停飞后的苦闷与执着地追求蓝天事业的材料。

除此，像战胜病魔、抢险救灾、化险为夷、科研试飞等等，也都十分感人，甚至使我在采访中落泪，但这些材料大都被前人写过，除非实在回避不开而沿用些许外，其余统统割爱。

任何一篇文章，都是由语言组合而成；不同风格的语言，可以组成不同风格的文章。不过，任何一篇文章，究竟使用什么样风格的语言最为合适，华丽的，质朴的？庄重的，诙谐的？还是别的？这又是很难说得清的。使用哪一种风格的语言，大概都很难离开作者的字斟句酌，精心锤炼。

《星系》一稿，前后折腾了五遍，每次修改，下功夫最多的还是锤炼语言。我主要做了两方面的努力。

求质朴。本来，女航空员的生活是多彩的、浪漫的，如果用华丽一些的散文笔法来写，也能够使文章透出飘逸之气，但我舍弃了这一点。而是选用了生活化的质朴的文字，于质朴中见真情。这样做，对作者的要求是更高了，因为要达到生活化，作者首先必须贴近生活，要采访深入，观察细微，否则，就捕捉不到生活化的语言，很难摆脱"书本语言""学生腔调"。如母亲篇中写道：

> 有一天，张景荣陪女儿过家家玩，见她玩得很高兴，就拉着她的手，亲亲热热地问："培培，你说说，你长得像谁？"
>
> "像牛。"
>
> "为什么像牛？"
>
> "我是吃牛奶长大的呗。"
>
> 张景荣一怔……

这段话就是在采访中张景荣对我亲口所说，我觉得很有特点，写作时也没有做什么改动，基本上是实录。

虽然这几行文字平平淡淡，但细细琢磨，也许能引发一些联想、回味、思索，说明女儿生下后，同妈妈相隔千里，没有吃过妈妈的奶，使人不禁心头一颤。几句质朴的生活化的语言，对于刻画人物性格、推动情节发展、深化作品主题所发挥的力量，远胜过作者的大段抒写。

求韵律。时下，有些作者作文，一段话可以数百字、上千字地写下来，中间不断开，据说是新的追求，挺时髦的。读者在阅读时，一句话则要换几口气才能读完。对此，我实在不敢恭维，我认为这是在玩蹩脚的文字游戏，非但不规范化，也不符合广大读者的阅读心理。在写《星系》一文时，我力戒冗长的句式，尽可能多地使用短语。这样，读时上口，有起伏，节奏感强，同时在风格上也和本文的题材协调。因为，现代生活是快节奏的，飞行生活的节奏尤其快，若采用节奏缓慢、句式冗长的语言，读者恐怕是会感到乏味的。

同时，在注重语言的哲理、调动语言的色彩、强化语言的情感等方面，我也或多或少地做了一些尝试，这里不再赘言。

《星系》一文发表后，收到不少来信，或褒或贬。我对每一位读者的批评，哪怕是最尖锐的批评，都以十分虔诚的心情表示由衷的感激。为什么？这里，我想借用一位战斗在云南前线的读者朋友给我写的信中所说的一句话，以做回答：

"因为读者是作家的上帝。"

1987 年 6 月 26 日写就

（说明：有关《墓碑》的"获奖者话"刊于《小说林》1986 年 9 月，《星系》随想见于《军事记者》1987 年 4 月，2020 年 5 月 26 日修订）

# 飘飞的思羽

窦志先

回忆往事，总觉得比展望未来更加美丽。往日里的情怀，像一片片随风飘飞的白色羽毛，面对它，每每被撩拨得心动，引发起遐思……

1965 年的岁末，我应征入伍，乘着闷罐车来到素有"上海北大荒"之称的五角场。新兵集训一月有余，又到了古城南京，正式当上了一名身穿国防绿的空军战士。在机场，看到一架架战鹰昂首云天，我心有天高，也想开飞机，翱翔蓝天，一定神气十足。可分到连队才知道，是给飞机站岗放哨。

站岗就站岗，放哨就放哨，反正都是革命工作的需要。在那红旗飘歌声飞处处都是"红海洋"的年代里，想问题就这么简单，不讲任何条件，更不会闹什么情绪。革命战士嘛，只有把"一颗红心献给党"才是。

同时，我自豪而又感激我的淳朴、善良的母亲——共和国黎明的前夕，是她给了我小草般的生命，把我引到了这个世界上。那是皖东一片贫瘠的土地，并且至今也不见有多么丰饶。但那毕竟是一片孕育了无数生命的土地，至今仍在孕育着无数的生命。

我不记得我是从几岁开始记事的，我只记得记事以后有一件事一直不能从记忆中磨灭：1951年夏，一个多雾的早晨，爸爸挑着箩筐前边走，妈妈怀抱着我在后边跟，一家三口向王家圩走去，在那里我们分得了地主家的三间茅屋。茅屋的原主人靠在门旁迎接了我们。那穿着黑裤子蓝灰色上衣的模样俊俏的女主人的目光毫无表情，直直地盯着我们看，就这么直直地看，像是痛苦的，也许是痛恨的。我不相信如此冷酷的目光会发自如此俊美的女人的双眼。那一刻，我真希望她变成一个丑陋的女人，如是，我会好奇、漠视、同情。而此时我害怕，直往妈妈的怀里藏，妈妈轻拍着我的屁股，哄劝："乖孩子，别怕，妈妈在。"于是，那女主人的目光便深深地刻进我的脑海里，总也不能忘却。

在我六岁那年，见邻家的孩子换上一身新衣服去报名上学，我也闹着要念书。爸爸不让，说我上了学，弟弟谁来带，家让谁来看。我不干，哭，爸爸不动心；我脑袋撞墙，爸爸心还不动。我索性坐在地上，两只脚丫来回搓动，躺在地上像驴打滚，不一会儿鲜血顺着脚跟流出，一滴一滴，一片一片。妈妈站在一旁，先是笑，后来却哭了，赶紧抱起我，心疼得跟爸爸吵了一架，我终于上学了。

女人的心肠好，做了母亲的女人心肠会更好。嗷嗷待哺，吸吮母亲的乳汁，我接受了母亲博大的爱；这次为求学，我小小年纪又一次感受了母亲精深的爱。在我高小即将毕业的时候，全区十几所学校的学生集中到一起会考，那阵势，整个儿感觉是"兵临城下"。值得庆幸的是，我的语文成绩考了第一名，一时被同学们称作"状元"。我清楚，语文拿高分的正是即兴写的一篇作文，题目是《我的母亲》，这篇作文出自我的肺腑，所以写得情真意切，那是我平生第一次把对母亲的爱凝于笔端。

学到一点文化，也懂得了一些事理。越是懂事，我越是不想上学了：天灾人祸，生活困难，我想退学回家，用我还没有成熟的肩膀，为父母分担一些忧愁。

爸爸摇头。

妈妈反对。

他们都说我是一个读书的好苗子，不能半途而废。

1960 年，安徽大饥荒。人们吞糠咽菜，甚至拿牛骨头烧成灰冲水喝。我家也不例外。这一年中，我的奶奶、爸爸和三个弟妹都被饥饿夺走了生命。至今还记得大弟和小妹在咽气前断断续续地轻声喊着："妈，饿，我饿，给我点饭吃……"

这对我的打击极大，我的心仿佛在滴血，但没有流一滴泪。我再也无心读书了。妈妈抚摸着我浮肿的脸，叹了口气："难关会过去的，你莫忘了小时候是怎样闹着才上的学，去吧，要是能活下来，多识点字日后会有用的。"

我又多明白了一个道理：一个农家子弟学文化，多么不易。我要加倍珍惜它。

以后的日子里，多亏了母亲用糠菜团，用盐开水，用任何能够填肚子充饥的东西，保住了我一条性命。

十六岁，我以小充大参了军。离家了，妈妈沿着村后的小路送了一程又一程，临别时又向我叮嘱："天涯海角，无论走到哪儿，都要做个本分人，老老实实做事情，要听话!"我点着头"嗯嗯"地应承，眼泪也止不住流了下来。寒风中，妈妈没有流泪，我只看到她随风飘动的衣襟和凌乱的头发，还有那双充满期盼的深情的目光。

分兵时，我总想起母亲的叮嘱和她那双深情的眼睛。

下连没几天，在一个月色朦胧的夜晚，连长把我们这一批新兵带到营区外的荒坡林地，练习"捉舌头"。我们这批新兵，多数来自农村，没见过世面，胆小。晚上站岗不敢走夜路，怕"鬼"。这次夜练拉到野外，就是连长的主意，让我们提前进入情况，练胆量，要不单独站岗老怕"鬼"哪成。当时虽觉得有趣，但也十分紧张。演习归来，我周身伤痕累累。连长当众表扬我勇敢顽强，不愿当"舌头"，敢于展开肉搏战，但也批评我粗心大意，哨位选择不当，不利于隐蔽自己。连长姓吴，是个大胡子，为了不影响军容，他平日总是把脸刮得铁青，很威严。他的话使我懂得：真正的军人，机智和勇敢，二者缺一不可。吴连长后来转业了，可一想起他，我就觉得他是我心目中的巴顿。

一年之后，我被从警卫连选调到基地电影组当放映员。这也得感激我的母亲，不是她逼着我学点文化知识，哪会有今天进入这"文化圈"的事呢。

这时候，我对文艺创作发生了兴趣。由放电影，跃跃欲试想到了写电影。"要是悄悄地坐在观众中间，一起欣赏自己写的电影，那心里会是一种什么滋味啊！"除了天真，才疏学浅，最初的创作动机也不能说没有问题。节假日、星期天，除了制作像章（至今还保留着五枚）表达对领袖的忠诚外，剩余时间我总是把自己关在工作房里奋笔疾书。那是提倡革命造反的年代，不是提倡文艺创作的年代，即便有少数作品问世，署名也多为"三结合写作组""工农兵群众""革命造反派"等等，绝对批判成名成家的资产阶级思想。为了不让别人发现，我就在桌子的一边摆着一本红宝书，一有"情况"，马上就把稿子塞进抽屉，正襟危坐学习毛主席著作。

像做特工似的写出了第一部电影文学剧本，根据同名小说改编的《欧阳海之歌》。收获不算小，它成了我大会小会"斗私批修"的一份绝好的材料。"年轻轻的，不安心本职工作，想当作家，不是资产阶级名利思想作祟吗！"剧本当然不会投入拍摄，只够付之一炬的水平，结果惨败。

人的可贵大概就在于失败之后不甘心失败。我又换了一套打法，写小说。电影组隶属文化科，文化科负责全师的图书阅览室，图书室里革命文艺书籍真不少，近水楼台，借阅方便，从那开始知道了曹雪芹，知道了施耐庵，知道了鲁迅，也知道了其他一些作家的作品。

被当作"封资修"清理的书籍就送到造纸厂化纸浆，我曾横卧在拉书的卡车上翻出《林海雪原》《野火春风斗古城》《青春之歌》披进军装里，回来偷偷阅读。冯德英的《苦菜花》几乎被我读烂。"他能写，我为什么就不能写?!"那时还真不懂得什么叫年轻气盛、想入非非。于是，模仿着写，彻底地撕，再写，再撕。失败是成功的妈妈，我安慰着自己。

"干吗不拣你熟悉的事情写?"一位好朋友提醒我。

短篇小说《领航主任》写成了，这是反映我所在的轰炸机航空兵部队飞行员的生活。斗胆送到了《安徽文艺》编辑部，一位老编辑接待了我，他拽过一条凳子，让我坐在身边，亲手握笔，从头至尾，逐字逐句地修改，然后嘱我回部队誊抄清楚，送有关部门审查，没问题尽快寄回。我一一照办。小说很快在刊物上发表，配了题图、插图，位置还挺惹眼的。当我接到编辑部寄来的样刊，激动得差点晕倒，确乎"得意忘形"。一天中午在灶上就餐，排队买菜时，站我身后的一位老科长拍拍我的肩头，笑眯眯地说："小说诌得不错，蛮像咱部队生活。"我直摇头，嘴上说"闹着玩、闹着玩"，可心里甭提有多高兴，那一刻，真的把自己当成了羊群中的骆驼。

至今我仍不知道那位老编辑的名字，只记得当时听大家都尊称他"余老"，战争年代负过伤，一条腿走路时一跛一跛的，印象中是个精瘦、慈祥、热情、爽快的老人。《领航主任》问世了，余老就是我走上文学之路的第一个领路人。

从此，我做起了文学家的梦。

有心栽花花不成，无意插柳柳成荫。我本想成为文学家，却意外地被调到空军报社当了一名编辑。那是1974年年初的一天，我在师部营门口总值班室里值班。营门外驶来一辆人力三轮车，从车上跳下两位军人，向我打听去师宣传科的路。我说："巧了，我就是宣传科的。"来人自报家门，原来是《空军报》的两位编辑，一位是张炳根，一位叫刘永祥。他们说此行是到部队搞调查研究，为《空军报》复刊做准备。他们每天都开座谈会，我负责召集人。三天后他们返京。后来有一天，接到刘编辑的来信，其中有段话问我在南京找对象没有，如未找，暂时别着急，"年轻人，只要好好干革命，到哪儿不能找对象"。我既好笑又纳闷：这位编辑真热心，怎么关心我有没有"编队"的事哩？不久，师政治部主任突然找我谈话，大意是《空军报》要调你去，命令已到，一星期内报到。3 月 10 日，我便带着全部家当——一只炸弹箱拆做的木箱和一个军用背包，乘 14 次特别快车离开南京，到北京走马上任。一下车，我就被北京城的漫天黄沙所裹挟，天地间一片混沌，我心里也是一片茫然。瞬间，我仿佛置身异域，猛地又想起了我所钟情的南京——钟山脚下，玄武湖畔，雨花台前，燕子矶头，鸡鸣寺内，秦淮河上……那里留下了我无限的思念！我真不知道能不能适应北方的气候，不知道能不能适应编辑的工作。

好在我的适应能力极强。生活中，喝玉米面糊糊，气候干燥流鼻血，风沙刮得窗户响，这些对一个长期生长在南方的我来说算是一道难题，但难过一阵子便统统不在话下。我最关心的是，怎样才能尽快地当一名称职的编辑。来报社之前，我也曾在驻地报纸上弄出过几篇

"豆腐块""火柴盒"似的小文章，但自己当编辑办报纸却是一个门外汉。从门外到门里只需一步之举，而这一举是要付出许多心血和汗水的。

不懂就学，一切从零开始。我暗下决心。

当时正值"批林批孔"之际，办公楼内的"大字报"铺天盖地，从七楼垂挂、张贴到一楼，琳琅满目。楼上楼下，领导让我看，掌握斗争新动向，但从没写，我不知道要写什么，又没学会指桑骂槐、含沙射影、无中生有。我觉得当务之急是熟悉办报的业务，否则就无法当个好编辑。因而，我系统翻看了《空军报》多年的合订本，向老编辑学习编稿、校对业务，到印刷厂熟悉排字、出版程序。

这种心情，一时没能被理解。一位领导批评我："不关心政治，路线斗争觉悟低。"可也是这位领导表扬我："从编发的第一个版的稿件看，你掌握编辑业务快，思想活跃，很适合办报纸，好好干吧。"

我窃喜，毕竟领导爱才，这是可以聊以自慰的；大凡有才华的领导定然爱才，而不爱才的领导通常就是些庸才。

编辑应当是一个杂家。我既不杂，也不专，深感知识的贫乏。欣慰的是，1981 年报社领导向有关部门推

167

荐，让我到中国作家协会文学讲习所（现鲁迅文学院）学习。这期间，我听了数十位专家、教授、作家讲课，系统地读了两千多万字文学理论和中外名著。那时，我和好友、著名军旅诗人李松涛一同借住于灯市口的一间地下室，在气味刺鼻、令人窒息的环境里谈文学，谈人生，谈友谊，谈古今中外海阔天空，谈历史现实芸芸众生，谈这谈那，无所不谈。从相识到相知，文学使我们结缘，十几年来情同手足，成为至交，关里关外，常常聚首，从鸭绿江畔到渤海之滨，从长城脚下到祁连山脉，都曾留下过我们结伴而行的身影，度过许多难忘的时光。就在那求学的一年间，我虽未脱胎换骨，倒也受益匪浅，感悟最深的是：文学是个美丽的梦，寻觅它却又非常痛苦，而我情愿在痛苦中寻觅。

一张报纸，新闻品种多，编辑不能单打一，应该成为多面手，今天干这个，明天可能又要你干那个，无论干什么，都应该拿得起，放得下。刚到报社，我分管"新生事物"的宣传，所谓新生事物，真叫五花八门：学习无产阶级专政理论、干部下放劳动、支持开门办学、落实"五七"指示、走赤脚医生道路……总之，应有尽有。有人开玩笑叫我"不管编辑"，意思是别人不管的栏目，我都管。当然我也很乐意，因为能到报社当编辑足让我深感荣耀了，哪还有挑三拣四之理。

不久，又要我负责战备、安全、军事训练、后勤工作、军民关系的报道。

直至1978年10月，为适应新时期总任务的需要，领导把创办"学知识"版的任务交给了我，它的宗旨即是向基层干部战士普及科学文化知识。我在这个版上，系统而有侧重地介绍了与空军建设密切相关的知识，如航空、机务、气象、雷达、导弹、高炮、卫生等。很快，"学知识"在空军部队有口皆碑，成为《空军报》上最受欢迎的版面之一。

大概因为干什么都能干得像模像样，两年后，社领导又交给我一项任务，创办《文化园》。再一年，我又负责编辑《长空》文艺副刊。常言道：人要脸，树要皮。干一行，我就爱一行，钻一行。副刊虽小，五脏俱全，小说、散文、诗歌、报告文学、评论、曲艺，各样文学体裁都有。在大报属于一个文艺部的工作，在小报却由一个编辑承担。我尽其所能，精心编辑，有时还敢说点冒泡儿的话：我是小报大办，《长空》副刊拿出去，敢和什么什么报纸的什么什么副刊一比高低。

这话细想有点放肆，权当冒泡儿，但也不难看出我的追求和志向，干什么工作的标准线瞄得都不低。尤其是我组织的"我爱人民空军"征文活动，在空军部队引起强烈反响。征文历时十个月，收到应征稿件四千余件，光读来稿也够忙活的。我从中精编发表七十余篇，有近十篇被省级以上报刊转载。作品展示了广大官兵热爱空军、建设空军、保卫祖国的高尚情怀和战斗风貌。其中七篇获征文奖，它比我自己的作品获奖更让我高兴。作为一名编辑，当自己编发的文章被读者认可或好评，内心的那种喜悦是无法言及的。有人把编辑喻为裁缝，总是在为他人做嫁衣。我认为，这就是编辑的乐趣！

记得从文讲所学习归来，仍回到报社当编辑，有一次参加空军创作会议时，我和当时的报社领导、作家金为华同志同住一室。有天晚上，我们聊至深夜，其中一个话题即是我提出的想调离报社，到文化部文艺创作室搞搞专业创作。老领导被我说服，表示同意。不料，翌日清晨起床后，他一边整理卧具一边对我说："你的要求，不能答应，因为报社不能少了骨干。"我无奈地叹气：真是夜长梦多啊！回头来看，那时若真的让我去搞专业创作，文坛上也就多了一个充数的作家，但报刊界绝对少了一个不错的编辑。

一个好编辑，也应该是一个好作家，在编出好稿件的同时也能写出好文章。这对开阔思路，提高认识能力，磨炼文字功夫，体会作者情感，促进编辑水平提高，都有着十分密切的关系。

我是这样想，也在尝试着做。

根据一位老红军讲的故事，我写了中篇小说《无字的墓碑》，获《小说林》1985年优秀作品奖。《工人日报》《博览群书》和《小说林》均有评论，认为"有新意，很深刻""在表现革命军队英雄形象上，作品有创新，跃入了一个更为深刻的塑造英雄形象的艺术境地"。

《天有一双手》在《青春》上发表后，引起的反响是我在写作时完全没有料及的。编辑部和我收到了甘肃、宁夏、内蒙古、黑龙江、吉林、河北、四川、安徽、江苏、陕西、浙江、山东、上海等二十多个省、市的数百封读者来信，有青年向我求教，有患者向我求医。温州市体委一位工作人员因颈椎致伤半瘫，一度轻生，她在上海医院的病床上读了《天有一双手》后给我写信求医，我及时回复。经骨科专家冯天有治疗病愈，她获得了对生活的新的希望，离京前特地登门向我道谢。因之，我更加坚信：文学不但可以兴邦，同样也可以救人。

反映新中国五代女飞行员群像的《这是一条女人的星系》，及时配合了女飞行员起飞典礼三十五周年纪念和"三八"妇女节的宣传。云南边境驻军一位读者朋友来信说"是迄今报道女飞行员生活最有特色的一篇文章""感情深挚，文笔流畅，结构巧妙"。被解放军文艺出版社"当代军人风貌"报告文学丛书空军卷《蓝天大写意》选入，另有十余家报刊转载。获《中国妇女报》《萌芽》和首都女新闻工作者协会 1988 年联合举办的"女性与社会"征文优秀作品奖。同年，又一篇报告文学《爱神在忧思》获首届"中国潮"征文二等奖。为此，组织上给我记了三等功。这是奖掖，更是鞭策。纯因写文章立功，这在我所供职的单位里，也算是凤毛麟角。

说起来，承蒙解放军文艺出版社、中国社会出版社、中国文联出版公司、蓝天出版社等各家领导和朋友们的错爱，已先后为我出版了小说、报告文学集六部。在这些书中，既有我童年生活的缩影，又有我从战士到编辑生涯的写照；既有许多值得我怀忆的人和事，又有许多值得我怀忆的情和思。只是，面对几本小书常常汗颜，扪心自问：仅凭这几本浅薄之作，你就敢承认是作家？好大的胆子！

当然，若问我做编辑和当作家到底喜欢哪一行，我会不假思索地回答：做编辑！眼下，我就在主编着一本杂志，叫《中国空军》，是邓小平同志亲笔题写的刊名。

许多读者喜爱它，发行量从 1996 年起不断上升，目前仍然被看好。为了不辜负广大读者的厚望，我和我的同事们不敢有丝毫的懈怠，将竭尽全力，精心编辑，我们不敢奢望期期是精品，篇篇是佳文，但做到不断以新貌问世，总还是有望的。

（载《解放军文艺》1997 年 7 月。《龙吟凤鸣》序言，作家出版社 2015 年 10 月出版）

# 感　言

窦志先

"做人以德，待人以诚。"这是我一直以来信守的诺言。

　　收入书中的文章，多数为师友们对我为文行事抑或做人的评议。常言道：文如其人，闻知其人。在师友们的笔下，我究竟是一个啥样儿的人呢？相信独具慧眼的读者看完此书后，定能"管中窥豹，时见一斑"。

　　在这里，我要——

　　感恩每一位师友不怕劳烦，赐予大作；

　　感谢中国文史出版社的编辑为此书出版而付出的辛劳；

　　感念热情的读者能够有耐心看完此书。

　　至此，我对上述所有的人发自肺腑地再道一声："谢谢！"

2020 年 1 月 17 日于小年之夜

177

**图书在版编目（CIP）数据**

想到更远的地方：大家笔谈窦志先／刘亚洲等著.
— 北京：中国文史出版社，2021.1
ISBN 978 - 7 - 5205 - 2444 - 5

Ⅰ．①想… Ⅱ．①刘… Ⅲ．①窦志先 - 文学评论
Ⅳ．①I206.7

中国版本图书馆 CIP 数据核字（2020）第 212578 号

责任编辑：牟国煜

出版发行：中国文史出版社
社　　址：北京市海淀区西八里庄路 69 号院 邮编：100142
电　　话：010 - 81136606　81136602　81136603（发行部）
传　　真：010 - 81136655
印　　装：北京新华印刷有限公司
经　　销：全国新华书店
开　　本：720 × 1020　1/16
印　　张：11.75　　字数：98 千字
版　　次：2021 年 1 月第 1 版
印　　次：2021 年 1 月第 1 次印刷
定　　价：48.00 元